Opal
オパール文庫

義父

麻生ミカリ

プランタン出版

※本作品の内容はすべてフィクションです。

プロローグ

八月の東京にしては、涼しい夜だった。室内は、冷房がきつく感じるほどだ。

通夜の終わった会場には、まだわずかに弔問客が残っている。黒い服に身を包んだ彼らを横目に、男は祭壇の写真に向かってまっすぐ歩いていく。

――ふたり揃って逝《い》っちまうなんて、最期まで仲のいいことだな、おい。

通常ならば、通夜の祭壇に飾られる写真はひとり分のはずだ。しかし、そこには微笑む男女のモノクロ写真が各一枚。亡くなったのは、男と同じ二十五歳の夫婦である。

「――ねえ、もうほんとうにどうしようかと思って」

壁際に立つ三十過ぎと思しき女性が、ハンカチで口元を覆ったまま話す声が聞こえてきた。

「柿原《かきはら》の家なんて、どなたも親戚がいないっていうのよ。ほら、貴彦《たかひこ》さんって施設で育ったらしいじゃない」

故人・柿原貴彦とは、知り合って半年ほどになる。

彼の妻である未来《みく》は、儚《はかな》げに見えて気の強い女だった。お人好しの貴彦と、しっかり者の未来。ふたりは、高校を卒業してすぐに生まれ育った町を離れ、東京で所帯を持ったと言っていた。

男は、親族席にたったひとり座っている少女を見つける。

いつもなら、元気いっぱいにぴょんぴょん飛び跳ねているツインテールも今はない。髪を結ってくれる大人は誰もいなかったのか、少女は下ろした黒髪でうつむいていた。表情は、髪に隠れて見えない。

「ああ、だから高校を出てすぐに駆け落ちしたって……」

「そうなの。うちの妹をたぶらかして子どもまで作って、挙げ句の果てに借金よ。自分たちは好き放題やって、支払えなくなったところで事故に遭ったたって言われても、こっちだって自分の家庭があるんだから、子どもを引き取るなんて冗談じゃないわよ」

柿原夫妻が借金を背負ったのは、何も自分たちが豪遊するためではなかった。それどころか、彼らは一円も借りてなどいない。

貴彦の勤めていた工場が倒産する直前、資金繰りに困窮《こんきゅう》した経営者が彼を騙して連帯保証人に仕立て上げたのだ。しかも、借りた先が質《タチ》の悪い悪徳業者ばかりだった。経営者は夜逃げし、貴彦が知らぬ間に借金は雪だるま式に膨らんだ。何社ものヤミ金業者の間で借用書が売買され、柿原家は膨大な負債を抱えることになったのである。

うちの妹なんて言うからには、その女性は柿原未来の姉なのだろう。

――他人はいつだって、勝手なことばかり言う。

男は、じろりと故人の姉を睨みつけた。

けれど相手はそんな視線になど気づくことなく、さらに場にふさわしくない話を続けていた。

「未来が家を出たあとで両親が病気になったでしょ。どっちももう亡くなっているし、わたしくらいしかあの子を引き取る親戚がいないって言われても困るわ。今まで、ろくに会ったこともない子を姪だなんて思えないもの」

「えり子《こ》さんも、しなくていい苦労をする羽目になるわねえ」

亡き柿原夫妻の忘れ形見、彼らが愛を注いだひとり娘が、すぐそばで肩を震わせている。そのことを知ってか知らずか、死を悼む気持ちすらないらしい女性が、わざとらしくため息をついた。

立ち上る線香の煙。

花に囲まれた貴彦と未来の写真が、男のすぐ目の前にあった。

「ねえ、そういえばあの方、どなた?」

「さあ、貴彦さんのお友達じゃないかしら。だって、うちの親戚にあんな格好の人は……ねえ？」

急な通夜に、男は髪を染める時間さえないままやってきた。

傷んだ金髪は、せめてもの気持ちでオールバックに撫でつけてある。一八五センチの長身に、厚い胸板。彫りの深い顔立ちと鋭い眼力も相まって、カタギの人間には見えない。

それでも、外見はどうあれ、男には故人を悼む心がある。少なくとも、霊前でくだらない噂話をする人間より、彼はよほど柿原夫妻の死を悲しんでいた。

「……かいどうのおじちゃん」

うつむいていた少女が、顔を上げて男の名を呼んだ。

きゅっと上がった目尻の、猫のような目をした少女。男の知る彼女は、たいてい満面の笑みを浮かべていた。そうでないときは、拗ねたり甘えたり、ときに泣きべそをかいたり。けれど。

今夜の少女は違う。

目尻を赤く染めながら、年齢にはそぐわない絶望の表情を浮かべ、泣くことさえ諦めてしまったように見える。

——そんなんでいいわけ、ねえだろ。

海棠竜児《かいどうりゅうじ》、二十五歳。

男はその瞬間に、ひとつの決意をした。

「未亜《みあ》、来い」

呼びかけると、少女は紙のように白い顔を一瞬でくしゃくしゃに歪める。

ずっとこらえていたのだろう。四歳にもなれば、両親の死はある程度理解できそうなものだ。いや、伯母の悪意ある話だってわかっているに違いない。

「おじちゃん、かいどうのおじちゃん、パパとママが、しっ、しんじゃった、しんじゃったの。みあだけおいて、いなくなっちゃったの。もうあえないの。もう、あえないの」

白いブラウスと黒いスカート。

小さな黒い靴で、未亜が駆けてくる。

「……おじちゃんじゃなく、おにいさんと呼べって何度も言っただろうがァ」

非日常の中で、竜児はわざと日常を装った。

いつも、少女は竜児を見つけると全力で走ってきた。自分が彼女の両親にとって、どういう関係の相手なのかなんて気にも留めない。それどころか、いつだって長い脚に突撃するようにして抱きついてくる。

笑顔はなかった。揺れるツインテールもなかった。

だが、いつもどおりに未亜は竜児の左脚にぎゅっとしがみついた。

顔の当たる部分が、熱く湿っぽい。借り物のブラックスーツは、どうせクリーニングに出して返すつもりだから、多少汚れたってなんてことはなかった。

何も言わず、竜児は自分の半分しかない背丈の小さな未亜を撫でる。少女の父親は、線の細い男性だった。彼に比べて自分の手は、おそらくかなり無骨で大きいだろう。

「ちょ、ちょっとあなた、なんですか！　どういうおつもり？」

先ほどまでハンカチで口元を覆っていた女性――おそらくは、未亜の伯母である人物が、竜児を見咎める。

「遅くに参りまして申し訳ありません。私《わたくし》、こういう者です。柿原さんにはご生前、たいへんお世話になりました」

差し出した名刺に、相手はわずかに眉を寄せた。それもそのはず、業種はわからずとも代表取締役社長という文字はわかりやすい肩書だ。

「海棠、竜児さん？」

「はい。不躾《ぶしつけ》ですが、奥さまは未亜さんのご親戚の方でいらっしゃいますか？」

髪色や目つきの悪さは直せなくとも、口調だけなら仕事用の敬語も使える。こういうとき、竜児は自分をしつけてくれた兄貴分の正しさを痛感する。

「ええ、未来の姉で、未亜の伯母の芹野《せりの》えり子と申します」

「本日は、お話があって伺いました」

日本人離れした体格に強面《こわもて》の男が、薄く微笑むのを見て、えり子がびくっと肩を引いた。

「なっ、なんですか！　借金のことだったら、こんな場所で――」

「いえ、そういうお話ではありません。未亜さんに関してです」

話があって伺った、なんて嘘だ。

竜児はただ、弔問に来ただけだった。

けれど。

――放っておくわけにはいかねえよなあ……

左脚にしがみつく、小さな未亜を見下ろして。

「私は独身でこのとおり、若輩者です。未亜さんの養親になるには相応でないでしょう。ですが、もし芹野さんが社会的に彼女の養親となってくださるようであれば――」

第一章　四十二歳と二十一歳

池袋にあるブックカフェ『ファルドゥム』は、今年でオープンから三年を迎える。

店名の『ファルドゥム』とは、ドイツ人作家ヘルマン・ヘッセの短編小説集『メルヒェン』に収録された一編のタイトルだ。

表通りに面したビルは築四十年だが、立地はなかなか良い。『ファルドゥム』の店舗は、このビルの一階と二階のツーフロアだ。

磨かれた木枠の入り口扉を開けると、一階手前には天文をモチーフとした雑貨や文具が並び、レジの奥はカフェスペースになっている。

狭い敷地に建てられたビルのせいなのか、妙に縦長のフロア。店に入って雑貨コーナーで足を止めるのは、たいていが初めて『ファルドゥム』に来た客だ。

常連の多くは、店に入るとすぐ左手にある螺旋階段を上って二階の書籍コーナーへ向かう。店主が厳選した海外文学の翻訳書を主に、国内作家の新刊から洋書まで、決して広いとは言えないスペースに陳列した書籍の数々。そこで目当ての本を見つけて、一階奥のカフェスペースに移動するのだ。

店内では、購入前の書籍をカフェに持ち込んで試し読みすることができる。最近は、コーヒーがおいしいと評判で、『ファルドゥム』を喫茶店と思っている客もいるほどだ。実際、二階を見ていなければここが書店だとは誰も思わないだろう。

壁時計が十六時を回ったのを確認して、芹野未亜はカウンター奥にいる店長に声をかけた。

「それじゃ、お先に失礼します」

「ああ、お疲れさま」

四十半ばの柏木桐子《かしわぎきりこ》は、この店の店長であり、一部で名の知られた建築家だ。白いシャツに黒いパンツ、腰回りにだけつける黒のカフェエプロンの似合うスレンダーな体型と、クールなショートカットの凛とした女性である。年齢を知らなければ、四十を超えているとは思えない。知的でどこかミステリアスな存在だった。

「あれ、芹野さん、今日はもう上がり?」

バックヤードへ向かう未亜に、同じアルバイトの二階堂裕二《にかいどうゆうじ》が声をかけてくる。

「はい。今日は予定があるので、少し早く上がらせてもらいます」

「そっか、残念」

大学院生だという裕二は、未亜とすれ違いざまに小さな声でそう言った。

――何が残念なんだろう。

よくわからないけれど、そこはあえて突っ込まない。未亜は、『ファルドゥム』にいる間、基本的に自分を出さないようにしている。

アルバイト中だけではなく、未亜はあまり他人と距離を詰めないタイプだった。

中学、高校と、友人がいなかったわけではないけれど、卒業後もつきあうほどの親密な相手はおらず、高校を卒業してから三年間働いている『ファルドゥム』でも、仕事終わりにバイト仲間と食事へ行くこともない。

さして人嫌いというわけでもないのだが、言ってしまえば未亜は内弁慶なのだ。そして、家の中にこそ未亜の求めるものがある。だから、ほんとうの自分は自宅でだけ出せばいい。

ロッカーを開けて、胸当てのある黒いエプロンをはずそうとしたとき、腰まである長い髪がネームプレートに引っかかる。

「いたっ……!!　っちょ、もう、なんでこんな絡み方するのよ」

バイト中とは違う、ちょっと子どもっぽい口調で、未亜はひとり悪態をついた。

ロッカーから取り出したスマートフォンには、ＳＮＳのメッセージが一件。

『今日は何時上がりだ？』

それを見て、未亜は眉根を寄せる。別に、スタンプひとつないそっけないトーク画面に憤慨したわけではない。

「……いつもどおりだよ、と」

返信をすると、すぐに既読がつく。数秒と空かずにさらに返信が来た。

『道草するなよ。知らない人についていかないように。夕飯はオムライスだ』

白くつるりとした眉間に、きゅっとしわが刻まれることを、メッセージの主は知っているのだろうか。

「相変わらず過保護なんだから！」

パンッ、と小気味良い音を立ててロッカーを閉める。カーディガンに膝丈のスカート、花のモチーフがついたバッグにスマホをしまうと、未亜は『ファルドゥム』をあとにした。

――二十一歳にもなって、道草するなってどういう了見よ、まったく。

彼女の保護者は、今でも未亜を出会ったころの四歳の子どもだと思っている。だが、それも今日で終わりだ。

いつもより二時間早くバイトを上がった未亜は、その足で美容室へ向かった。

♪。+.゜.+。♪。+.゜.+。♪

覚えているのは、古くて狭いアパートの外階段。今となっては、あのころ住んでいたアパートがどこにあるのかもわからない。

未亜は、いつもひとりで遊んでいた。

「じゃんけんぽん！　ちーよーこーれーいーと！」

右手と左手でじゃんけんをし、文字数の分だけ階段を上り下りする。その遊びを、未亜は飽きることなく繰り返していた。

するとどこからともなく、夕暮れ時に現れるのが『かいどうのおじちゃん』だった。

「かいどうのおじちゃん、またきたの？」

「おまえなあ、何度言えばわかるんだよ。俺はまだ二十五歳なんだっつの。おにいさんと呼べ、おにいさんと」

未亜が『おじちゃん』と呼ぶたび、その人は決まりきった返事をする。それが楽しくて、相手がオジサンの年齢ではないと知っていても、あえて『おじちゃん』と呼んだ。

「未亜、昼飯は何食った？」

「そうめん！」

階段でひとりじゃんけんをする未亜が、「ぱーいーなーつーぷーるっ！」と一番下まで下りていく。アスファルトに足がつくやいなや、未亜は相手に向かって走り出した。

その人は、父より背が高くて脚が長い。脚にぎゅっと抱きつくたび、「おい、勢いよすぎだろ」と笑ってくれる。

未亜は、ときどき現れる『かいどうのおじちゃん』が好きだった。

「ったく、麺ばっかりじゃなく肉を食え。それから牛乳だな。おまえ、いつ見ても痩せっぽちじゃねえか」

「みあ、ぎゅうにゅうきらいー」

「好き嫌い言ってんじゃねえ」

彼は、両親の知り合いらしかった。

いつもスーツを着崩して、金色の髪を風になびかせている。テレビで見たライオンのように強そうだ。

「かいどうのおじちゃんは、どうしておとこのひとなのにかみのけがながいの？」

「切りに行くのが面倒だからだ」

「ふうん……？」

「おまえ、わかってないだろ」

小さな未亜を軽々と片腕で抱き上げて、荷物のように脇に抱えたまま階段を上る。錆びた外階段は、彼が上るとき、カンカンと楽器のように音を鳴らした。

——あれはきっと、竜児の靴の底が硬かったせいなんだろうな。

美容室を出てから三十分。

電車を乗り継いで、阿佐ヶ谷にある自宅へ帰る道中、未亜は幼い日のことを思い出していた。

四歳のとき、両親は事故で鬼籍に入った。

深夜の高速道路を走行中、停車していた事故車に気づかず衝突し、逃げる間もなく後続車にぶつかられたと聞いている。

未亜も同乗していたのだが、なにぶん四歳児だ。後部座席のチャイルドシートでぐっすり眠っていたから記憶はない。ただ、隣に座る母が身を挺して未亜を守ってくれたおかげで、自分が生き延びたのだと竜児は言っていた。

身寄りもほとんどいなかった未亜を引き取ってくれたのは、『かいどうのおじちゃん』こと海棠竜児。

両親亡きあと、唯一の親戚である伯母の芹野えり子の養女となった。しかし、伯母と一緒に暮らしたことはない。それどころか、名前を知る程度で未亜は伯母の顔すら覚えていなかった。

経緯は不明だが、戸籍上は伯母の養女となった未亜を、この十七年間育ててくれたのは竜児だ。

初めて会ったころは、金色の髪のライオンのようだった男も、今では四十二歳。両親も、生きていれば竜児と同じ年齢だった。

髪色こそ金ではなくなったものの、竜児はカタギの人間には見えない。

長身に、どこで鍛えているのか分厚い胸板、黒髪をオールバックにして、仕事に行く日は玄関まで迎えに来るベンツに乗り込む。高級感あふれるスリーピースのダークスーツが、さらにらしさを強調する。

らしさ。

何らしさかと問われれば、未亜は迷うことなく答えるだろう。

ヤクザらしさ、と。

――あの見た目で、ヤクザじゃないなんて言ったって、誰も信じるわけがない。

現に、十七年間一緒に暮らしている未亜もまた、竜児の職業を反社会的組織の幹部だろうと思っている。

ただし、竜児本人に何度確かめても、彼は「違う」としか言わなかった。否定はすれど、ならばなんの仕事をしているかと尋ねたところで答えてくれない。結果として、未亜は自身の保護者をそのスジの人間だと判断していた。

――わたしがほんとうのことを知っていたら、銀行で口座も開けなくなるって、きっと竜児は懸念しているんだ。

昨今では、なんらかの契約を交わす際、必ず反社会的勢力と関わりがないことを誓約しなければいけない。レピュテーションリスクを回避するために、書面で誓約させるのだ。

だから、未亜は高校卒業の際に正規雇用の勤め口を探さなかった。誓約書にサインしなければ絶対に雇ってもらえないし、かといってどこからどう見てもヤクザな保護者と暮らしているのに嘘は書けない。

アルバイト先である『ファルドゥム』は、企業と違ってそういった誓約書が必要ないところもありがたかった。

それはさておき、と未亜は軽くなった髪を手で撫でる。

——竜児、この髪を見たら驚くだろうなあ。

およそ六十センチも切り落としたのだから、当然頭も軽くなる。顎のラインも首もすっきり見える、前下がりのショートボブ。未亜の人生において、これほど短く髪を切るのは初めてのことだった。

竜児は、未亜にフェミニンなものを与えてきた。パステルカラーのワンピース、レースやフリルのついたスカート、部屋のカーテンは花柄で、ベッドには大きなぬいぐるみ。あるいは、それはもうフェミニンというより少女趣味と呼ぶのが正しいかもしれない。

けれど、未亜は知っている。

それが竜児の好みというわけではなく、幼かった未亜を喜ばせるためのものだったことを。

両親を亡くしたばかりの、かわいそうな四歳の女の子。

当時、見るからに半グレといった風貌だった竜児は、そんな少女を相手にどう対処したらいいかわからなかったのだろう。

だから、彼は少しでも未亜を元気づけようとかわいらしい部屋を作ってくれた。あのころは、たしか世田谷のマンションに住んでいたと記憶している。

竜児が外出している昼間は、シッターが女の子らしいかわいい部屋で、人形遊びやままごとをして遊んでくれた。

それまで、ろくに玩具も持っていなかった未亜に、竜児の知り合いの強面の男たちがこぞって人形やらぬいぐるみやら、女の子向けのアニメのグッズなどを贈ってくれたのも忘れられない。

けれど、夜は苦手だった。

毎晩泣きじゃくり、なかなか寝つけない未亜を、竜児はいつも自分のベッドに入れてくれた。大きな手で頭を撫でられ、ときに背中をトントンされていると、自然と眠りに引き込まれていく。

ひとりでトイレに行けなくて、いつも竜児を起こしたものだ。そのたび、彼は眠そうに目をこすりながら、トイレの前で待っていてくれた。

彼は、世間から見ればあまり好ましい人種ではないかもしれない。だが、未亜にとっては大切な人だった。そして、甘やかすだけではなくきちんと叱ってくれる大人だった。

——とはいえ、未だにわたしのことを子ども扱いしすぎだとは思うけど。

二十一歳になった今なお、未亜の門限は二十時である。高校時代は十九時だったのだから、一応一時間延びた。

彼の目に映る自分は、いくつになっても子どものままなのだろう。

過保護な態度も夕飯のメニューも門限も、そのすべてが物語っている。

——だけど、わたしは違う。

髪を切ったのは、未亜なりの決意表明だ。

もう、竜児の言うことを聞いているだけの子どもではない。そのことを、視覚的に理解してもらいたかった。

短い髪を揺らして、未亜は三階建てのスタイリッシュモダンな自宅ドアに鍵を差し込む。

キッチンのある二階窓に明かりがともっているということは、すでに竜児は帰宅しているはずだ。

十七年越しの片思い。

親代わりであって、けれど未亜の目には特別な男でしかない竜児は、この髪を見てどんな顔をするだろうか。

「ただいまー」

ドアを開けると、ふわりとデミグラスソースの香りが鼻をくすぐる。

4LDKの戸建ては、一階が客間と竜児の書斎とバスルーム。二階がキッチンとリビングダイニングと洗濯機置場と洗面所、それにルーフバルコニー。三階がそれぞれの寝室という割り振りだ。

「おう、早かったな」

階段を下りて、竜児が玄関まで顔を出す。

オールバックにワイシャツ、その上から愛用のエプロンを着用し、竜児は片手になぜかニンジンを持っていた。

歳を重ねるにつれて、精悍さを増した渋みのある眉間のしわが、日頃よりだいぶ深くなる。鋭い眼光を放つ目は、刮目《かつもく》して未亜を射貫いた。

真一文字に結ばれた唇が開く瞬間を、未亜は心して待っている。

どくん、どくん、と鼓動がやけに大きく聞こえる気がした。

「いつまで突っ立ってるんだ。早く上がって手洗いうがいしてこい」

「……あ、うん」

竜児は、くるりと背を向けると階段を上がってキッチンへ戻っていく。

予想外の展開とは、こういうことを言うのか。未亜は、ひとりになった玄関で大きく息を吐いた。

——さすがに、何も言ってくれないとは思わなかった……

しゅんと肩を落とし、脱いだ靴をシューズクロークの棚にしまう。

そのとき、階段からゴロゴロと何かが転がってくる音がした。

「竜児？」

まさかとは思うが、彼が階段を踏み外したのではないかと、未亜は驚いてクロークを出る。

しかし、そこには。

「……ニンジン？」

先ほど、竜児が手にしていたものらしきニンジンが、なぜか階段を転がって落ちてくる姿があった。

しゃがみこんでそれを拾うと、頭上から再度竜児の足音が聞こえてくる。

「竜児、ニンジン落ちてきて――」

顔を上げると同時に、竜児の大きな手が頭に触れた。

「短い髪も悪くないな」

ヤスリをかけたような、ざらつくハスキーボイス。若いころは酒とタバコでだいぶ喉を痛めたという彼の、低い吐息混じりの声に、未亜は背筋がぞくりと痺れるのを感じた。

「わ、悪くないって何よ。似合ってるって言って」

彼の手に、声に、欲情する自分が恥ずかしくて。

自称内弁慶の未亜は、それにふさわしく竜児の前で子どもっぽいことを言ってしまう。外見云々よりも、このおかしな強がりが自分を年齢相応に見せないのかもしれない。

「なんだ？　俺に似合ってるって言われたくて切ったのか？」

ふっと唇を甘く歪ませる彼が、嫌になるほど魅力的なのはいつものこと。この十七年、見慣れた顔だというのに。

「……っ、別に！　竜児には関係ないし！」

——ああ、またやっちゃった。

どうして、素直に「そうだよ」と言えないのか、自分でもよくわからない。からかわれると、反射的に心とは裏腹なことを言ってしまうのだ。

「はい、ニンジン！」

立ち上がると、手にした野菜をぐいと彼に押しつける。

竜児の横をすり抜けて、階段を駆け上がろうとした、そのとき。

「こら、何をそのまま三階へ行こうとしてる。ちゃんと手を洗ってうがいしろって言ってるだろ」

「わ、わかってるってば！」

今日も今日とて、あえなく撃沈。

子ども扱いはなんら変わることなく、未亜は顔を真っ赤にして二階の洗面所へ向かった。

♪。+.ｏ.+。♪。+.ｏ.+。♪


——なんだ、あれは。どういうことだ？

未亜が手洗いうがいを終えて三階の自室に行くのを確認してから、海棠竜児はキッチンのシンクに向かって大きなため息をこぼす。

オールバックに強面の四十男が、何をあのくらいで動揺しているのか。そうは思えど、竜児にとって未亜は自分の命よりも大切な娘だ。

いや、自分は父ではないし、未亜も娘ではないけれど、血のつながりがあろうとなかろうとそんなの関係ないくらいに、竜児にとって唯一無二の存在なのである。

——待て、なんであいつ、いきなり髪なんか切ったんだ？　失恋か？　だが、最近の若い女はそんな理由で髪なんか切ったりしねえんだろ？　だったらなんだ？　ただのイメージチェンジか、それとも……

グツグツと、ソースパンのデミグラスソースが煮立っている。そんなことにも気づかずに、竜児はシンクのふちをきつくきつく握っている。

——冷静になれ。そうだ、小学生のころからずっと長い髪だったから、未亜だって少し飽きて変化をつけたくなっただけかもしれない。

それこそ竜児自身は、若いころだいぶ派手な髪をしていた。茶髪、金髪、ソフトドレッド、流行だったロン毛。

それらの髪型や髪色に、さしたる理由はなかった。ファッションの一環だ。

ならば、未亜のショートボブだって同じようなものだろう。

「……そうだ。あんなのは気分転換みたいなものだ。別に理由があるわけじゃ……」

そこで、何かが焦げるにおいに気づいた。

あっと思ったときには、もう遅い。ソースパンの中で、デミグラスソースは焦げついている。

「ねえ、竜児、なんか焦げたにおいするけど」

ルームウェアに着替えた未亜が、二階に戻ってきた。

「ああ、デミグラスが焦げた。今夜のオムレツは、ケチャップでいいか？」

つとめて冷静に、いつもの自分を装う。

そうでもしなければ、問い詰めてしまいそうだった。なぜ、髪を切ったのか。そこに意味はあるのか。あるいは、誰かに切られたのではあるまいな、と。

「ケチャップオムライスも好き。あっ、そうだ、ケチャップで名前書く？　昔、よくやったよね」

今でこそ、レシピ本を見ることなく料理を作ることのできる竜児だが、未亜と暮らしはじめたころは米すらまともに炊けなかった。

自分ひとりなら、ラーメン屋や牛丼屋で済ませてしまえばいい。けれど、未亜にも同じ食生活をさせるわけにはいかなかった。

初めて竜児が作った料理らしきものは、冷凍のチキンライスに、焦げて穴がいくつも開いた薄焼き卵をのせたオムライス。

見た目も悪いし、卵は油でべちゃべちゃだし、レンジで温めるだけのチキンライスはところにより冷たかったり熱すぎたり。

それでも、未亜は喜んだ。

嬉しそうにケチャップを両手でつかんで、名前を書こうとしていた。

あのころに比べれば、料理の腕は格段に上がっている。十七年も経ったのだ。

「そうだったな。おまえはいつも、ちゃんと名前が書けなくて泣きべそかいて」

「それで、失敗してケチャップまみれになったオムライス、竜児が交換してくれたんだよ。でも、竜児が書いてくれた名前も、ちゃんと『みあ』になってなかったの」

「もっと簡単な名前だったらラクだったんだがな。『うり』とか『いと』とか」

「竜児、名前のセンス微妙すぎない……？」

以前、未亜は自分を『かいどうのおじちゃん』と呼んでいた。一緒に暮らすようになってからは、竜児と呼び捨てにしてくる。生意気で気が強くて、そのくせ外ではおとなしい、世界でいちばん大切な少女。

朝は、長い黒髪で隠れていたうなじが、細い首が、今は完全にあらわになっている。

「首に何か巻いたほうがいいかもしれんな」

「……首？　なんで？」

「肌が露出しすぎだ。明日から、バイトに行くときはスカーフをしろ」

「いやいやいや、邪魔でしょ、そんなの。仕事中スカーフしてるの、ヘンだし」

ケラケラと笑い声をあげる未亜は、自分の言葉を本気にしていないようだ。

冷蔵庫からケチャップを取り出し、フォークやスプーンと一緒にダイニングテーブルへ運ぶ未亜を見つめて、竜児は胸の内でだけため息をつく。

——二十一歳、か。

未亜の母親の未来は、そのころすでに結婚して子どもを産んでいた。未亜も遠からぬうちに、誰かに恋をして結婚を考えるのだろう。

いつか、この熟練したままごとのような生活は終わる日が来る。

いずれは好いた男と暮らすために、この家を出ていく娘だ。その日を覚悟しなければと、もう十年は自分に言い聞かせている。

それでも。

——おまえが男なんか連れてきた日には、殴りとばしちまうかもしれねえな。

目を細めて、そう思った。

食事を終えると、未亜が食器を食洗機に入れて洗ってくれる。男手ひとつで育てたにしては、よくできた娘だ。作ってもらったら、せめて洗い物くらいはしようと、自分から行動する。

思えば、彼女は幼いころからそういうところがあった。

与えられることに慣れて甘えるのではなく、感謝をきちんと行動で示す。ただし、口から出る言葉はなかなかに生意気だった。

小学校の運動会。

竜児が満足のいく料理ができるようになる以前は、昔から世話になっている知人が料亭の弁当を持ってきてくれた。

デジカメを構え、声を張り上げて応援する竜児に、未亜は「恥ずかしいからやめてよ」と顔を赤くしていた。

けれど帰り際には、自分から手をつないでくる。

『今日は、来てくれてありがとう』

ぽそっと小さな声で言った彼女を忘れられない。

中学校の授業参観。

仕事を休んだ竜児に「別に来なくていいのに」と言っていた未亜だったが、『わたしの家族』という作文にはしてやられた。三十五にもなって、泣かされるとは思わなかった。

高校の卒業式。

何度違うと言っても、未亜は竜児のことをヤのつく職業だと思い込んでいた。だから、こちらも意地になって超高級スーツに、気合いを入れたオールバックで臨んだところ、帰りの車で大爆笑された。

思い出は、数え切れないくらいにたくさんある。それは自分の中にだけではなく、きっと未亜の中にも蓄積されているのだろう。

——あいつは、どんな男に惚れるんだろうな。外ではおとなしいふりをしてるから、ヘンな男に騙されたりしなきゃいいんだが。

普段は、そこまで未亜のことを気にするわけではないのに、今日はやけに感傷的になる。それこそ、未亜が髪を切ったことが原因なのかもしれない。

食洗機のスイッチを入れると、未亜はリビングのソファに座る竜児のもとへやってくる。

「何見てるの？」

見るともなしにつけていたテレビ。

「なんだろうな。なんか、アフリカの取材とか、そんなんだったか」

「……竜児、これどう見てもアフリカじゃないと思うよ」

液晶には、高齢の陶芸家が映っていた。ろくろを操る、しわの刻まれた手。みるみるうちに、粘土が器の形を成す。

「じゃあ、違うんだろう」

「適当だなあ」

小さく笑って、未亜がフローリングに腰を下ろした。ソファに並んで座ればいいものを、なぜか子どものころのように竜児の脚の間に座る。

形良い後頭部が、髪を短くしたことで以前より目立つようになった。同時に、華奢《きゃしゃ》な肩と薄い背中が儚げで、竜児は妙に落ち着かない気持ちになる。

とはいえ、そこは四十二歳。

表情に出すことはせず、黙ってテレビの画面に目を向ける。あくまで、向けるだけだ。視覚情報を脳は処理しようとせず、心はじっと未亜のほうに向けられていた。

「そういや、今日の昼間に大地《だいち》さんから電話があった」

「えっ、鎌倉《かまくら》のおじさんから!?」

鎌倉大地。とある筋では、泣く子も黙る鬼神の大地と呼ばれた男だが、普段の彼は柔和を絵に描いたような人物である。

竜児が高校生、大地が二十一歳のころにふたりは知り合った。名字こそ鎌倉だが、現在の住まいは渋谷の一等地。タワーマンションの最上階に住んでいる。

「ねえねえ、鎌倉のおじさん、なんだって？　お花見の誘い？　それとも、遊びに来るの？」

無邪気に竜児を見上げる未亜は、やはり二十一歳にしては幼い。小柄で化粧もあまりしないせいか、へたをすれば高校一年生と言われても納得しそうだ。

「未亜の成人式の写真が見たいそうだ」

「ええ……、それだけ？」

大地は、昔から男にも女にもモテる。四十六歳になった今でも、やや神経質そうな美貌は変わらぬままだ。しかし、所帯を持つことには興味がないらしく、未だ独身でいる。だからだろうか。大地は、昔から未亜をとてもかわいがってくれていた。

花見、誕生日、クリスマス、夏祭り、未亜の学校の運動会など、イベントの時期になるとやってきて、家族のように過ごしたことは数え切れない。

今年の一月、成人式を迎えた未亜に振り袖を贈ってくれたのも大地だった。金銭面では困らない竜児だが、二十歳の女が好む着物など、到底選べそうになかった。そもそも、竜児は着物の善し悪しなど、まったくわからない。

しかし、そこはさすがの大地というべきだろう。毎年正月を和装で過ごす彼は、華やかでありながら繊細な振り袖を選んでくれて、未亜はたいそう感動していた。

「おまえのその髪を見たら、大地さんも驚くだろうな」

「あのね、わたしの髪はサプライズのためにあるんじゃないんだよ」

ていた。

「しかしなんだな、髪を切ると――」

言葉の途中で、勢いよく未亜が振り向く。大きな目が、何かを期待するように見開かれていた。

「あー、いや、なんでもない」

「ちょっと！　言いかけたら最後まで言ってよ。気になるでしょ！」

竜児の左脚に両腕でしがみつき、子どものころと同じように駄々をこねる。

――髪を切ると、ますます幼く見えるだなんて言ったら、どうせ拗ねるんだろうに。

竜児は低い声で笑い、未亜のひたいを撫でた。

「小さいなりに大きくなったもんだな」

「……小さいなりにって、余計だと思う」

「山椒は小粒でもぴりりと辛いって言うだろ」

「それ、ぜんぜん意味違うから」

「そうか？」

小学校へ上がったころ、未亜は女の子らしい外見と裏腹に口が悪い、と担任教師が家庭訪問で遠回しに言い出した。彼女にとってもっとも身近な大人は、竜児である。責任を感じた竜児は、口調を改めることにしたものだ。

もともと、仕事相手と話す際には、敬語を使っている。兄的存在の大地が礼儀に厳しい男だったため、竜児も自然と敬語を覚えることができた。

以来、未亜の前ではなるべく乱暴な口調で話さないよう、心がけてきたつもりだ。「するんじゃねえよ」は「するんじゃないよ」に。「てめえ」は「おまえ」に。「くらすぞ、コラァ」は――

――まあ、それは未亜の前じゃ使わねえ言葉か。

大地はもともと、福岡の出身である。そのため、怒り心頭に発すると地元の言葉が口をつく。高校生だった竜児は、大地が口にする「くらすぞ」という単語に憧れたものだ。

それはさておき。

「ま、俺にとってのおまえは、あの陶芸家にとっての粘土細工みたいなもんだってことだ」

テレビでは、登り窯から作品を取り出す陶芸家が映し出されている。

丹念に焼き上がりを確認する姿には、作品への愛情が感じられ――

突如、陶芸家は手にした大皿を頭上に振り上げ、床へと叩きつける。どうやらそれは、失敗作だったらしい。

「へえ、あの粘土細工みたいなもの、ね……」

「いや、待て、今のはちょうどそういう場面だっただけで、あの人だって全部の作品を叩き割ってるわけじゃないだろうから、な？」

なんというタイミングの悪さ。

さすがに竜児も少々焦り気味に、フォローの言葉を口にする。

「あ、ああ、そういえば今日、鴫原《しぎはら》が未亜にってアイスを置いていったぞ。食べるか？」

「アイス？」

唇を尖らせていた未亜が、ぱっと顔を輝かせた。こういうところは、子どものころのままだ。

「冷凍庫に入れてあるから、見てこい」

「うん！」

鴫原は、竜児の会社の法務部部長をつとめる男である。それなのに、なぜか自ら竜児の世話係のような真似を買って出て、毎朝毎晩ベンツで送り迎えまでしてくれる。

東大卒で、弁護士資格まで所有しているというのだから、もっといい会社に勤めることもできただろうに、なぜか竜児に恩義を感じているらしかった。

冷凍庫を覗いて、しばらくの間はきゃあきゃあと喜んでいた未亜だったが、何も持たずに戻ってくる。

「なんだ、食べないのか？」

「お風呂上がりに食べようと思って。竜児も食べる？」

「いや、遠慮しておく」

——そういえば、鴫原はよく未亜を餌付けしているが、もしかして俺に尽くしてるんじゃなく未亜狙いなのか？

「鳴原さんって、ヤクザにしては面倒見いいよね」

ぽすん、と音を立てて、未亜が竜児の隣に座った。お気に入りのクッションを膝の上に抱いている。

「なんで鳴原がヤクザってことになるんだ」

「じゃあ、インテリヤクザ？」

インテリジェンスがあろうとなかろうと、ヤクザはヤクザで変わりない。ついでに言うならば、鳴原は祖父が元警視総監、父は検察庁に勤めるエリート一家のはずだ。

何より、以前から何度も否定しているが、竜児自身がヤクザではないのである。

「未亜、いいか。よく聞け」

「俺はヤクザじゃない」

「!?」

それまで聞いたこともないような、無理をして出した低い声で、未亜が言う。竜児が言おうとしたことを、彼の声を真似て先回りしたのだ。

——こ、こいつは……！

思わず噴き出してしまい、食事中ではなかったことに感謝する。笑いすぎて咽《む》せるではないか。

元来、竜児はハスキーな低い声で、若いころは浴びるほどに酒を飲む上、かなりのヘビースモーカーだった。加齢のせいもあるのかもしれないが、年々声はハスキーになっていく。

「もう、そこまで笑うことじゃないでしょ。……だいじょうぶ？」

ワイシャツの背中を、未亜が撫でてくる。

「いや、おまえ、あれは反則だろう？　思い出すだけでまた……」

まったく、何をしでかすかわからない娘に育ったものだ。竜児は、笑い疲れてソファの背もたれに体を預けた。

「竜児、昔はよくそんなふうに笑ったよね」

竜児の肩に寄りかかり、未亜はソファの上に三角座りをする。まるで気まぐれな猫のようだ。

「そうだったかもしれないな」

「そうだったよ。最近、あんまり笑わないけど」

言われてみれば、そうかもしれない。

若いころに比べれば馬鹿笑いをすることが減り、仕事中は舐められないよう気難しい顔をし、体を気遣ってタバコをやめて、酒もつきあい程度でしか飲まなくなった。

——そうやって考えてみると、なんだかつまらねえ男だな、俺は。

考えが顔に出ていたのだろうか。

未亜は、黙ってぽんぽんと竜児の頭を撫でてくる。

「……なんだ、それは」

「笑わなくなったって、笑いすぎて咳き込んだって、竜児は竜児だよ」

見透かしたような彼女の返事に、苦笑して。

つきあいの長さというものは、なかなか厄介だと思う。

「あんまり大人をからかうものじゃない」

そう言って、ソファから立ち上がった。

テレビでは、まだ陶芸家が失敗作を割り続けている。こうなってくると、割るために作っているのではないかと思うほどだ。

――俺は、違う。

未亜を育てたのは彼女を壊すためではなく、幸せになってもらうためだった。だから、決してこの穏やかな生活を、自分の手で壊したりはしないと、竜児は誓ったのだ。

キッチンへ歩いていき、風呂の給湯器のリモコンを操作する。聞き慣れた合成音声が「お湯はりを開始します」と案内し、リモコンに給湯完了まで十五分と表示される。

「入浴剤は何がいい？」

「うーん、竜児は？」

「バラはやめろ」

「じゃあ、ローズで」

「……喧嘩売ってるのか？」

「冗談だよ。竜児の好きな森の香りがいいかな」

いつか、あの娘は自分のそばから離れていく。好きな男ができて、結婚して、子どもを産んで育てて、そうしているうちに父親代わりだった竜児のことなど忘れてしまうだろう。

未亜を引き取ると決めた当初からわかっていたことだが、家族ごっこも長くなると終わりどころをうまく見つけられなくなる。

——成人式も終わったし、アルバイトとはいえ、一応仕事もしてるんだ。結婚は関係なしに、ひとり暮らしをするなんて言い出してもおかしくはねえんだな。

禁煙して二年が経つのに、今夜はタバコが恋しい。

食洗機の洗浄音が、夜の空気を震わせていた。


♪。+.゜+。♪。+.゜+。♪

お風呂から上がって、未亜は洗面台の鏡の前で髪を乾かす。驚くほど、ドライヤーの時間が短くなった。

——髪が短いって、こういうことなんだ。

今まで愛用していたヘアクリップも、シュシュも、もう使わない。問題は、寝癖がつきやすそうな長さに見えること。

「……竜児、この髪を見てもなんとも思わないんだなあ」

ぽつりとこぼれたひとり言に、自分自身ががっくりする。

引き取られたときから、未亜は竜児のことを一度も「おとうさん」とは呼んだことがない。対外的には、父親代わりとか保護者とか、そんなふうに説明する。

竜児も、面倒見はいいけれど父親らしく振る舞おうとはしなかった。そんなことをされたら、未亜は絶対に反発しただろう。

——だって、父親だったら好きになれない。

鏡に映る自分は、相変わらずの童顔で。

髪を切ったところで、ふたりの関係性は何も変わらないのだと実感する。子ども扱いしないでなんて言ったら、ますます子どもだと思われてしまうだろうし、いったいどうしたらいいのやら。

「小さいなりに大きくなった、かあ……」

気づいたころには、背の低いほうだった。小学校、中学校、高校と、いつか訪れる成長期に一縷の望みをかけたものだが、二十歳を過ぎた今は、もう背が伸びるとは思えない。

それでなくとも童顔で、大人っぽい格好やメイクがあまり似合わないのだ。

「あーあ、考えてもしょうがない。アイス食べようっと」

一階のバスルームを出て階段を上ると、キッチンにアイスを取りに行く。そこには、冷蔵庫の前でしゃがみこみ、野菜室を確認している竜児の姿があった。明日の夕飯を考えていたのかもしれない。

「竜児？」

「上がったのか」

すっくと立ち上がる彼は、中年と呼ばれる年齢になっても無駄な脂肪など見当たらず、日本人離れした長身と筋肉の持ち主だ。

「うん。すぐ入る？」

「そうだな」

すれ違いざま、大きな手が未亜の頭をくしゃくしゃと撫でる。

「ちょっと！　せっかく乾かしたところなのに、ぐしゃぐしゃにしないでよ」

「悪い悪い、ちょうどいいところに、ちょうどいい頭があったからつい」

悪びれもせずにそう言って、彼は三階の寝室に着替えを取りに行った。

――こういうところが子ども扱いなんだよ。

カップに入ったアイスとスプーンを持って、未亜はソファに座る。

この十七年間。

竜児はずっと、あんな感じで未亜に接してきた。もちろん、子どものころはもっとかまってくれたように思うけれど、おおまかに言えば彼の態度に変化はない。

小学校を卒業するまでは、今より仕事の帰りが遅かった。それでも、日を跨いで帰ってきた記憶はないし、女の影を感じたこともなかった。

二十五歳で未亜を引き取って、四十二歳の今まで、恋人の類《たぐい》がひとりもいなかったとは考えにくい魅力的な男だ。未亜が気づかなかっただけで、もしかしたら過去に女のひとりやふたりはいたのかもしれない。

竜児の隣に並んで似合う、大人っぽくて色気のある女性。うなじがきれいで、細く長い指に濃い色のネイル、コケティッシュなポーズと出るところの出た体型——

自分で想像しておいて、未亜はがくりと肩を落とす。

もらいもののアイスで浮かれていては、そんな女性に対抗できる日は来なそうだ。

いっそのこと、夜這いでもしてみるというのはどうだろうか。

スプーンを咥えて、未亜は考え込む。

竜児は寝室に施錠をしない。だから、寝込みを襲おうと思えばそれほど難しくはない気がする。

「問題は、たぶん怖い夢を見てベッドにもぐり込んできた、としか思ってもらえないところだよねえ……」

大きくため息をついて、アイスをもうひと口。冷たいアイスが、口の中で甘く溶けていく。

――どうせなら、わたしが子どもでいる間に竜児が結婚でもしててくれたらよかったのに。

そんなことを思って、それはやっぱり嫌だと否定する。

一八五センチの長身で、少しクセのある黒髪をオールバックに撫でつける竜児は、そのスジの女性にはたいそうモテそうな外見だ。一見、目つきのせいで強面に見えなくもないが、よく見れば彫りの深い整った顔立ちをしている。

まっすぐな眉、高い鼻。口はいささか大きいけれど、唇はきれいな形で低くかすれた声は妙なセクシーさがあって――

竜児の魅力的なところなら、いくらでも挙げられる。十七年もの片思いは、ダテではないのだ。

気づけば、アイスはカップの中でだいぶ溶けかけていた。急いで食べないと、甘いドロドロした謎の液体になってしまう。

「あっ……！」

慌てて持ち上げたせいで、斜めになったカップから溶けた部分が手にかかる。未亜は、自分の手をぺろりと舐めて、残りのアイスを胃におさめた。

——さて、竜児がお風呂に入っている間に、歯磨きを済ませておこうかな。

洗面所へ続くスライドドアを開けると、予想外にすでに竜児はお風呂から上がっていた。

「ん？　どうかしたのか？」

濡れた黒髪、裸の上半身。

首にタオルをかけて、竜児が驚いたように視線を向けてくる。

「べ、別に。歯磨きしようかなって思っただけ」

「そうか。もう出るから、洗面所使っていいぞ」

タオルでがしがしと頭を拭きながら、竜児が鏡を覗き込んだ。

——久しぶりに見た。

筋骨隆々とした彼の背には、右肩から腰にかけて墨色の入れ墨がある。若い子がファッションで入れるタトゥーとは違い、いかにも極道ならではの絵柄の昇り龍。

これこそが、未亜が彼をヤクザだと思うもっとも大きな理由だった。

「……ねえ、竜児」

「ちょっと待ってろ。すぐだから」

手を伸ばせば、すぐ届くのに。

好きな男の裸を見て、ドキドキする未亜の気持ちは彼に届かない。

「竜児、やっぱりほんとうはヤクザなんでしょ」

「……いいか、何度も言うが俺はカタギだ」

「だって、これ」

右手を伸ばして、彼の背中に触れてみる。指で昇り龍をたどっていくと、湯上がりの熱い肌がしっとりと吸いついてくるようだ。

「それはまあ、ヤンチャしていたころに入れかけたものだから仕方ないだろ。そもそも、筋彫《すじぼ》りで終わっているヤクザなんていない」

「あのね、カタギの人は筋彫りだけだって入ってないんだよ」

もっと、彼に触れたい。

欲求にしたがい、未亜は竜児の背中に両手を当てる。そのまま、頬ずりするように背に顔をつけた。

びく、と一瞬だけ彼の体に緊張感が走る。

——ねえ、こんなこと、誰にでもするわけじゃないってわかるでしょ？

「おまえこそ、年頃の娘がおっさんの背中に甘えるなよ」

「竜児はオッサンなんかじゃない」

突き放されたくなくて、厚い胸板に腕を回した。割れた腹筋が、手のひらに当たる。

「二十一歳から見れば、立派なおっさんだ」

こんなふうに抱きついていても、子どもが甘えているとしか思ってもらえないだなんて、彼はなかなかに残酷だ。

「じゃあ、四十二歳から見たわたしは……？」

立派なオトナの女にはなれなくても、もう子どもには戻れない。

「おまえは、いくつになってもかわいくて生意気なままだよ」

「そういうことじゃなくて！」

顔を上げると、竜児が未亜の腕をほどいてこちらに向き直る。

「……もう、あの長い髪はないんだな」

「竜児……？」

大きな彼の手が、今朝まではそこにあったと言わんばかりに未亜の背中を撫でた。パジャマ越しだというのに、彼の手で背骨を縦に撫でられると、腰のあたりに甘い疼きを覚える。

「虫歯にならないよう、ちゃんと歯磨きしろよ」

そう言って、何事もなかったように竜児は洗面所を出ていった。

残された未亜は。

「〜〜〜っっ、竜児のバカっ、鈍感、だけど……」

——だけど、どうしようもなく好き。

その場にしゃがみこんで、未亜は両手で自分の顔を覆った。

彼が触れた背中が、ジンジンする。

もっとさわってほしい気持ちと、竜児に欲情する自分に幻滅されたくない気持ちが綯《な》い交《ま》ぜになって、今夜もまた、未亜は一歩を踏み出せない。

——そうだよ。踏み出せないよ。だって、もし竜児に好きって言って拒まれたら？　もう、今までみたいに一緒に暮らせなくなっちゃうの？　そんなの無理、そんなのイヤだ。

せめて、もっと女性としての魅力あふれる体型だったなら、気持ちを明かさないままに体で籠絡する——なんて手段もあったのかもしれないけれど、神さまは未亜に悩殺ボディを与えなかった。

「……ああ、もう」

どうしようもない、片思い。

髪を六十センチ切る勇気はあっても、心のうちを明かすのは難しくて。

彼の背中に触れた両手は、今もまだ熱を覚えている——


♪。+.o.+。♪。+.o.+。♪

八時ちょうどに家を出る。

竜児は昔から、低血圧で朝が苦手だ。その上、睡眠時間が短いと午前中は使い物にならない。若いころは、夜遊びするのが当たり前の世界にいたため、いつだって睡眠不足で機嫌が悪かった。

――あいつと暮らすようになってからは、そうでもないか。

二十五歳で四歳児の面倒を見ることになった竜児は、未亜を寝かしつけている間に自分もたいてい寝落ちしてしまったものだ。

あのころは、地獄のように忙しくて、それでも自分にくっついてくる未亜がかわいいせいで天国のように楽しかった。

「竜児ー、ごはん食べないと遅刻するよ」

二十一時に就寝、朝は六時に起きて慣れない朝食作りに励み、保育所の準備をして連絡帳を記入、洗濯物を干してから未亜を起こし、ぐずる日はなだめたり、おねしょをした日は二度目の洗濯をしたり――

「竜児、竜児ってば！」

――うるせえな、俺は眠いんだよ……

未亜が中学生になったころには、朝の負担はなくなっていた。いつの間に覚えたのか、彼女は朝食を作れるようになったのだ。さらには、学校へ行く前に洗濯と風呂掃除をしてくれる。

中学生なんて、まだまだ子どもで遊びたい盛りだろうに、養《やしな》い子《ご》をこき使っていいものだろうか。当時の竜児は、頭を抱えた。

「竜児！　もういい加減、さっさと起きてよ」

だが、未亜は「これでちょうどいい」と言って笑った。

『竜児は、低血圧なんだから朝は苦手でしょ。わたしは、けっこう早起きが苦じゃないほうだよ。それに、いつまでも竜児に全部やってもらってたらおかしいじゃない？　竜児は、わたしの父親じゃないんだからさ』

セーラー服を着て、一丁前のことを言う未亜が、生意気だけどかわいかったのを覚えている。

――ああ、眠い。ベッドから出たくねえな。

昨晩。

未亜が、洗面所で背中に抱きついてきた。

あんなこと、昔は珍しくもなんともなかったけれど、さすがに最近はなかったから油断してしまった。

ベッドに入ってからもなかなか寝つけず、最後に確認した時間は二時を過ぎていて。

「竜児っ！」

バンッと大きな音を立てて、寝室のドアが開けられる。

「んっだよ、俺は眠いって——」

「もう七時過ぎてるんだから、早く起きるの！」

朝から元気いっぱいな未亜が、仁王立ちしていた。

「…………七時、過ぎてるだと？」

まだ五時間しか寝ていないという気持ちと、早く起きなければ鴫原を家の前で待たせることになるという気持ちがせめぎ合う。

「……悪い、寝坊した」

「知ってる。さっさと起きて、ごはん！」

未亜は、そう言って階段を下りていった。

「誰のせいだよ、まったく」

寝起きのガラガラ声でそう言って、すべては自分のせいだと苦笑する。

——あいつが中学生のころなら、何も思わずにいられたんだがな。

お漏らしをして泣く顔を知っている。パンツを替えてやったのも、そのパンツを洗濯してやったのも自分だ。

それなのに、育てた娘に劣情をもよおすだなんて、まるで獣《けだもの》じゃないか。

「くそっ……」

片手で前髪をかき上げ、竜児はベッドから起き上がった。

寝坊はしたものの、かろうじていつもどおりの時間に迎えの車に乗り込む。

「おはようございます、社長。本日の予定ですが――」

後部座席に座るのは竜児ひとりで、助手席に座った鳴原がタブレットを片手に一日の予定を説明してくれる。

「鳴原」

「はい、なんでしょうか」

細いフレームの眼鏡をかけた、少々神経質そうな法務担当。この男は、昔の恩に縛られて、いつまで自分の下で働いているつもりだろう。

「おまえ、いい加減もっとまともな仕事に就いたほうがいいんじゃないのか」

未亜に言わせればインテリヤクザの鳴原が、社長である竜児相手に、フンと鼻で笑う。

「私はじゅうぶんまともな仕事に就いておりますし、給与も相場以上にいただいております」

「弁護士先生が、金貸しで働いてるだなんて親父さんが泣くぞ」

「消費者金融業者ですよ、社長」

言葉を変えたところで、客に金を貸して利子で儲けていることに違いはない。

「それも、業界最大手の『ライフる』です」

「……その名前、いい加減どうにかしたいものだな」

ライフる株式会社は、四十年前に設立された貸金業者である。とはいえ、昔はそれほど名の知れた会社ではなかった。

未亜を引き取る以前、竜児はヤクザとつきあいのある街金《まちきん》の社長をしていた。それも、もともとは自分で起こした会社というわけではなく、世話になった兄貴分から譲り受けたものだ。

東大卒の鳴原と違い、竜児は高校さえまともに通っていない。未亜には、「若いころヤンチャをして」なんて軽く言っているけれど、実際には高校生のころから蜆沢組《しじみざわぐみ》に出入りをし、いずれは盃をもらうのだろうと思っていた。

それが、何をどうして国内最大手と呼ばれる消費者金融の社長になぞなってしまったものか。

寝不足の重い頭に手を当てて、後部座席でため息をつく。

──そもそも、街金なんかやってたから、柿原夫妻とも知り合いになったんだったな。

未亜の両親は、母親の家族に反対されて半ば駆け落ちも同然に東京へやってきたと聞いている。竜児と同い年の柿原貴彦は、年齢と性別以外ほとんど共通点がないのではと思うほど、まじめでお人好しだった。

勤めていた工場が潰れ、社長に騙されて保証人になっていたせいで借金取りに追われ、それでも貴彦は「お金はきちんとお返しします」と頭を下げたのを忘れられない。

当時、竜児のやっていた街金で貴彦の借用書を買い取ったのが柿原夫妻と知り合うきっかけだった。

社長だなんて言っても、社員は竜児ひとり。部下は蜆沢組に出入りしている、それこそ竜児と同じような半グレばかりだったため、社長自ら取り立てに出向くことも珍しくはなかった。

金髪ロン毛の厳《いか》つい竜児が取り立てに行くと、カタギの人間は怯むのが当然だ。まっとうな社会からはみ出し、夜の街で暴れるような人生を歩む自分に、柿原貴彦は恐れることなく、

「とはいえ、二十パーセント以上の利息や、こうして自宅まで取り立てに来るのも違法ですよ」

と穏やかな声で言った。

最初は、なんだこの腑抜けた野郎は、と思ったものだが、温厚な貧乏人に見えて肝が据わった貴彦を、竜児は気に入ってしまった。

竜児と違って、ほかの街金から来る取り立て屋は、貴彦の態度に腹を立てて暴力を振るったり、嫌がらせをしている。それを仲裁してやるくらいに、竜児は貴彦と親しくなった。

しっかり者の妻と、いつも元気いっぱいの娘と、貴彦は誠実に生きている。

竜児は、自社にある貴彦の借金を自腹で返済し、できる範囲で彼の借用書を同業者から買い取った。そのことで組から疎まれ、ヤキを入れられたことも一度や二度では済まない。それでも、放っておくことはできなかった。

「海棠さん、またそんなひどい顔で……」

安アパートを訪ねると、貴彦の妻である未来が目を瞠《みは》る。けれど、さすがは貴彦の選ぶ女ということなのか、彼女もまた竜児を恐れることはなかった。

「あっははは、ひっどい、ほんとうにひどい顔だわ。でも、貴彦も負けてないわよ。ほら、見て。昨日もやられちゃったの」

「……おまえ、そこは笑うところじゃねえだろ」

「お互い、ずいぶん男前になりましたね、海棠さん」

竜児より、さらにボコボコにされてなお、貴彦が笑う。

今にして思えば、きっと竜児は彼らの前向きさに惹かれたのだ。借金の取り立てに行くと、言い逃れや言い訳、あるいは色仕掛けで竜児をごまかそうとする輩《やから》はいくらでもいた。しかし、貴彦のように金を返して人生を立て直そうと本気で思っている人物は、なかなか出会えるものではない。

なんとかして、あの一家を助けてやりたいと思った。幼い未亜を見ると、その思いはさらに強まった。

かつて。

竜児には、歳の離れた弟がいたのだ。竜児が十五歳のときに、たったの九歳で弟はこの世を去った。塾の帰り道で信号を無視して交差点に突っ込んできた原付きに撥ねられた。

その後、両親は弟の死を乗り越えられずに離婚、竜児はわかりやすくグレて、悪い奴らとつきあうようになり、高校にもろくに登校せず卒業した。なぜあんな出席日数で留年しなかったのかと不思議に思ったこともあるが、学校側としてもへたに留年なぞさせて恨みを買うのが嫌だったのかもしれない。

未亜と弟は、顔貌《かおかたち》が似ているわけでもないのに、竜児を見つけると走って寄ってくる、その姿が、やけに重なった。

だから。

竜児が回収しきれなかった借用書の件で、柿原夫妻がひどい追い込みをかけられ、夜逃げを選んだ挙げ句、高速道路の事故で亡くなったと聞いたときには、通夜まで出向いた。夫妻のひとり娘が、親戚連中の間で厄介者扱いされているのを見たときには、放っておけなかった。

あれから十七年。

竜児は、昨年の未亜の二十歳の誕生日まで、毎月十万円を芹野えり子の口座に振り込んできた。それは、未亜を引き取るときに決めた約束事のひとつだ。

養親になってもらう代わりに、決して金銭的には迷惑をかけない。未亜に必要な金は竜児が負担し、そのほかに月々十万円を未亜が成人するまでえり子に謝礼として支払う。

その約束で、竜児は未亜と暮らす権利を得ていた。

だが、未亜を育てるにあたって、いつ摘発されるかわからないような仕事をしていくわけにはいかなかった。世話になっていた大地に相談し、まず組と縁を切る。必要な金は、すべて大地が揃えてくれた。

それから、街金の雇われ社長時代に貯めた金で、ギリギリ合法の貸金業者を買い取った。弁護士とも契約し、危ない橋を渡らぬよう留意して仕事に没頭した。

世の中、そんなに甘いものではないと思っていたのに、なぜか竜児の人生はそこから急に上昇しはじめた。もしかしたら、亡き柿原夫妻が未亜を守るために、竜児を助けてくれていたのではないかと思うほどだった。

当時、契約していた弁護士が良かったというのもある。ある程度利益がまとまった額になるたび、弁護士は「税金対策です」と言って、同じ業種の会社を買うことを勧めてきた。

買って、売って、また買って。

金を貸すのが自分の仕事だと思っていたのに、いつしか竜児の会社はずいぶん大きくなっていた。

そうして増やした資金で、七年前に竜児はライフる株式会社の株を過半数購入し、現在は代表取締役社長兼社長執行役員にまで昇りつめた。

幼い未亜に、「りゅうじはなんのおしごとをしてるの？」と聞かれたとき、彼女の両親を追い詰めた金貸しの仕事を今もしているのだと言えずにごまかした。

小学生のころには、会社もそれなりに大きくなっていたものの、逆に会社を買ったり売ったりするせいで、自分がなんの仕事をしているのか説明しにくくなり、またごまかした。最終的にライフるの社長となったあとは、あまりに有名な金融業者すぎて未亜に明かせなくなってしまい、結局ごまかした。

ごまかし続けた十七年の歴史に、竜児は頭《こうべ》を垂れる。

竜児を敵視する者や、竜児の足を引っ張ろうとする者も少なくない。そのため、以前は頻繁に引っ越しもしたし、資産に応じてセキュリティも厳重にした。

そうでもしなければ、未亜を守れないと思ったからだ。

——結局、今もまだ未亜に明かせずにいるのは、あいつが俺の仕事に巻き込まれるのを避けるためでしかない。

ライフる株式会社は、近年では大手銀行系のクレジットカードとも提携し、インターネット通販の恩恵もあってますます事業を拡大している。すでに、竜児にはその全体像を把握するのが厳しいほどだ。

阿佐ヶ谷のあの家だって、竜児の資産を考えれば「なぜあんな小さな家に？」と思われておかしくない。それでも、あえて金回りが良すぎることを周囲に気づかれないよう、あの家を建てた。建築前から、建築士とホームセキュリティ会社と入念な打ち合わせをし、セキュリティ対策は最高レベルと自負している。

――そのせいで、安易に窓も開けられねえんだけどな。

なんにせよ、諸々の事情が絡み合い、未亜には自身の職業を明かしていない。

「――ちょう、社長、起きてください。到着しましたよ」

「俺は寝てなんか……」

目を開けると、ライフる本社ビルの地下駐車場に車は停まっていた。

過去を思い返しているうちに、眠ってしまったのだ。

「いいえ、ぐっすりおやすみになっていましたよ」

眼鏡のブリッジをくいと指で押し上げて、鴫原が神経質な笑みを浮かべる。

今日も、一日が始まろうとしていた。

♪°.+.o.+°♪°.+.o.+°♪

「お客さま、うしろを失礼します」

いつもの黒い胸当てエプロンで、未亜は『ファルドゥム』の二階書籍コーナーに、新刊を並べていた。

新刊といっても、『ファルドゥム』の規模では、そう多く仕入れるわけではない。ある程度を書棚に配置し、残りは翻訳ＳＦ文庫の新刊が各二冊、天文学について書かれているらしい宇宙の絵を表紙にした大判の洋書が一冊。

文庫はいいとして、このかなり大きなサイズの洋書が問題だ。未亜は、店内をくまなく確認しながら、置き場所を検討する。

そうしているうちに、『ファルドゥム』には珍しい恋愛小説のコーナーに行き当たった。

ブックカフェで働いているからといって、読書が好きかどうかはまた別の話。未亜は、学生時代からあまり本を読むほうではなかった。マンガなら多少読むけれど、それも恋愛ものではなく少年誌の作品が多い。竜児の影響を多分に受けた結果だ。

——今まで考えたことがなかったけど、恋愛小説とか恋愛関連のエッセイとか、何かいいヒントがあったりするのかな。

有名な女性作家のハードカバーを手に取り、まじまじと表紙を眺めてみる。だが、小説はあくまで創作だ。現実に即した実例を求めるならば、エッセイがいいかもしれない。

——それとも、マニュアル本？　だとしたら、『ファルドゥム』にはないから、帰りにほかの書店に寄ってみるっていう手も……

「あっ、芹野さん、いたいた」

小声で名前を呼ばれて、反射的に振り返る。アルバイトの二階堂が駆け寄ってきた。

「どうしたんですか？」

「店長が、宇宙の表紙の本を奥の画集と一緒に並べるようにって」

それこそが、未亜が置き場所に悩んでいた本である。ということは、中身は画集なのだろうか。

「わかりました。ありがとうございます」

先にSF文庫を並べてから、該当の洋書を画集コーナーへ持っていく。すると、なぜか二階堂も一緒についてきた。

「――あのさ、芹野さん」

「はい」

「その髪、似合うね」

「ありがとうございます」

たしか、朝会ったときにも髪のことは言われた気がする。

「何かあったの？」

「何か、とは？」

「いや、ほら、なんかこう……彼氏と別れた、とか……」

「気分転換です」

軽く受け流してはいるものの、できればこういう反応を竜児にしてもらいたかった。

――まあ、こんなに食いついてこられると、それはそれで面倒だけど。

そもそも、あの竜児が「彼氏と別れたとか」なんて言い出すとは思えない。

「そっかー、よかった！」

何がいいのかはわからないが、未亜はとりあえず愛想笑いで応じた。

「あ、それで、もしよかったら、今日の帰りに食事でもどうかな」

――話の脈絡がなさすぎる。

未亜は、こういうときにいつも言う決まりきった文句を口にした。

「夕飯は家で食べないと、家族が心配するので」

嘘ではない。前もって連絡せずに門限を破ると、竜児はものすごい勢いで未亜捜索隊を出動させる。大げさなわけではなく、実際に彼の古くからの友人たちが、地元駅付近や未亜の行き先付近に駆けつけるのだ。

――しかも、竜児の知り合いってだいたいガラが悪いから、集まってると職務質問されることが多くてまずいんだよね。

一度は、鎌倉のおじさんこと鎌倉大地も捜索に参加していたことがある。中学校の部活が長引いて、帰りが遅くなった日のことだ。

どうして竜児は、あんなに過保護なのだろう。そうつぶやいた未亜に、大地は静かな声で言った。

『お嬢ちゃん、それはあいつがおまえさんをかわいいと思っているからだよ。以前に聞いたことがある。あんなにかわいいから、誘拐されてもおかしくない、とな』

内容はかなりの親バカ発言だというのに、大地の声で聞くと妙な説得力がある。とはいえ、そこでうなずくわけにはいかなかった。

竜児の知人たち——つまり、だいたいが怖い顔の厳つい男たちなわけだが、彼らからは蝶よ花よとかわいがられて育った未亜でも、自分は別段美少女ではないということを知っているのだ。

『不満かい？　それでも、せめて学生の間は竜児の気持ちを汲んでやっておくれ。あいつにはあいつなりのスジってもんがあってね、それを通しておけば余計なことには口出ししないはずだよ』

ちなみに、大地の黒塗りベンツで無事に自宅まで送り届けられたあと、竜児から門限破りを怒られるようなことはなかった。

彼は、黙って未亜の頭を撫でた。いつもより念入りに、長い髪が絡まってくしゃくしゃになるまで、そしてそれを丁寧に手ぐしで梳《す》くまで——

その経緯があって、未亜は部活をやめた。もともと、それほど興味があって入った部ではなかったため、帰りが遅くなって面倒なことになるよりは、ずっとマシだと気がついたのである。

それに。

部活の先輩や同級生と過ごすより、未亜は竜児と一緒にいたかった。未亜の帰りがほんの少し遅いだけで、知り合いを総動員して彼女を必死に探すくせに、見つかったら何も言わずに頭を撫でるだけの不器用な男のそばにいたいと心から願ったのだ。

会話は終わったものと思っていたところに、突然質問が向けられる。

「……もしかして、芹野さんってお嬢さまだったりする?」

真剣そうな二階堂の声に、噴き出してしまいそうになった。

「ぜんぜん、普通です」

つとめて冷静に返事をしつつも、なんだか面倒だから早く一階に戻ってくれないかな、なんて気持ちで画集コーナーの本をずらし、新刊を展示するスペースを空ける。

――お嬢さまどころか、親は早くに亡くなって、ヤクザみたいな男とふたりで暮らしてるなんて知ったら、二階堂さんは驚くだろうな。

だが、それを明かす気にはならない。

ほかのアルバイトたちより、二階堂とは話す機会が多かった。おそらく、彼がバイトに入ってきたとき、その名前に興味を持って話しかけたせいだろう。

二階堂裕二という名前は、耳で聞くと『海棠竜児』によく似ている。興味を持ったのは、それが理由だ。

「でもさ、前に店長が言ってたよ。黒塗りの外車が芹野さんを迎えに来た、って……」

「家族です」

——だから、お店まで迎えに来るのはやめてって言ったのに！

昨年、一度だけ竜児が『ファルドゥム』まで未亜を迎えに来たことがあった。ノロウイルスでしばらくバイトを休み、久々に出勤した日のことである。

病み上がりの未亜を心配して迎えに来てくれたのはわかっているし、その気持ちはありがたい。問題は、竜児の車も大地と同じでいかにも訳ありな印象の、黒いベンツなことだ。

しかも、大地が後部座席から顔を出したら、「あら、品の良い男性ね、さすがはベンツだわ」と思われて済むところを、竜児の場合は「ヤクザだ」「ヤクザ」「ヤクザね」と、道行く人が目を伏せる。

——あのいたたまれない感じったらない……

「そうなんだ。だったら、前もって連絡をしておいたらどうかな。近くに、おいしい寿司ダイニングがあるんだよ」

寿司ダイニングとは、いかなる店だろうか。

これまでの二階堂の話の中で、いちばん興味を惹かれる。竜児は、無類の寿司好きなのだ。おもしろい店だったら、竜児も連れていってあげたい。

思わず彼の顔を見た未亜に、背後から「すいません、ちょっと探してる本が――」と客の声がかかった。

「はい、どういった作品でしょうか？」

話はそこで途切れ、その後二階堂とは休憩もかぶらなかったため、話す機会もないままに十八時の上がり時間を迎えた。二階堂に聞かなくとも、寿司ダイニングについては検索すればいい話なので、困ることはない。

ロッカーでスマホを取り出すと、いつもどおり竜児からSNSでメッセージが届いている。しかし、内容はいつもと違っていた。

『今日は帰りが遅くなる』

竜児は、ごくまれに仕事で遅くなることがある。だが、その場合にはたいてい『仕事で遅くなる』と書いてあった。

理由を述べず、帰宅時間をはっきり書かないところが、なんだか怪しい。

――もしかして、女の人と出かけるからわたしに言いにくいとか……！

そう考えて、「ないな」と小さく声に出した。

――実際に、竜児に彼女がいたとしても、それをいちいち匂わせるような発言はしない。仕事だって言えば済む話だもん。

一緒に住んで十七年。

竜児の人柄は誰よりわかっていると自負するものの、家の外で彼が何をしているかはまったく知らないままだ。

『何時ぐらいになるかわかったら連絡して』

既読の表示がつくのを確かめることなく、未亜はスマホをバッグにしまう。

「芹野さん、よかった。まだいた！」

そう言って、二階堂がバックヤードに入ってきた。

「……どうかしました？」

「いや、なんかね、お店に芹野さんの知り合いっていう人が来ていて……」

二階堂が言い終えるより先に、未亜はロッカーを閉めてバックヤードを後にする。

――まさか、竜児がまた迎えに来たの⁉

帰りが遅くなるなんて言っておきながら、実はこっそり迎えに来るだなんて、何を考えているのか。

――もう、もうもうもう！　竜児のバカ！

心では悪態をつきながらも、頬が緩むのを感じていた。

荷物を持って店内に戻ると、そこに立っていたのは竜児ではなく――

「これはこれは、ずいぶんと大胆に短くしたもんだ」

「鎌倉のおじさんっ！」

スーツにパナマハットをかぶった、鎌倉大地が軽く手を上げる。

「どうしてここに？　びっくりしたぁ」

「一度くらい、お嬢ちゃんの職場を見てみようかと思ってね。そうしたら、バッサリ切った髪に驚いた。短いのも似合うもんだ。それで、もう仕事は終わったのかい？」

「ちょうど上がったところ。――あ、店長、お先に失礼します」

いつも店内では極力他人とかかわらないようにしている未亜が、謎の中年男性と愛想よく話す姿を見て、店長の桐子が珍しく驚いた顔をしていた。


「もう、お店まで来てくれるなら、前もって言ってくれたらよかったのに」

運転手つきのベンツ、その後部座席で未亜が大地に向かって唇を尖らせる。

「せっかくなら、お嬢ちゃんにコーヒーを給仕してもらうのも乙なものかと思ったんだが、タイミングがよろしくなかったね」

大地は、竜児の知人友人の中で異彩を放つ男性だ。細面《ほそおもて》に、静かな声音。しなやかで優雅な所作は、特徴的なやわらかい声を引き立てる。

「おじさんにだったら、いつだってコーヒーくらい運ぶよ」

「ははっ、こりゃいい。あの小さかったお嬢ちゃんが、もうすっかり大人だ」

昔に比べて、大地と会う機会も減った。幼いころは、イベントごとに家まで来てくれて一緒にお祝いをしたものだ。誕生日やクリスマスには、いつだって未亜が喜ぶプレゼントを持ってきてくれた。

――でも、お正月だけは一度も一緒にいたことがないなあ。

「そういえば、昨日竜児がおじさんから電話もらったって」

「ああ、おまえさんの晴れ着姿を見損ねたからね。せめて写真くらい見させてもらおうかと思ったんだよ」

「振り袖、ありがとうございました。とってもきれいで、最高だった！」

温和な表情で、目尻にしわを寄せて大地がうなずく。

知り合ったころの写真を見ると、大地は女形《おやま》でもやれそうなほど線の細い美青年だった。あれから十七年が過ぎても、相変わらず細身なのは変わらない。十七年分、歳はとっているけれど、肌も年齢のわりにきめ細やかでハリがある。

「今日は、家に遊びに来てくれるの？」

「そうしたいのはやまやまだけど、今夜は店を予約してあってね」

「お店？」

首を傾げた未亜に、大地が微笑む。

「少しばかり遅くなっちまったけれど、おまえさんの成人祝いをしよう。竜児も呼びつけてあるから、心配いらないよ」

「えっ!?」

帰りが遅くなるという連絡は、フェイクだったのか。

「さて、それじゃまず着替えを選びに行くとしよう。お祝いの席だから、華やかな格好のほうがいい」

「着替えって、そんなのどこに……」

未亜は、驚きに二度、三度と瞬《まばた》きを繰り返した。

第二章　もどかしく、されど甘く

日本橋にある高層ホテルの最上階、イタリアンレストランの窓際席で、未亜は少しだけ緊張している。

「注文はのちほど。もうひとり、あとから来るんだ。悪いね」

白シャツに黒いベストを着用したホールスタッフに、大地が静かな声で告げた。

「かしこまりました。お飲み物はいかがされますか？」

「ティニャネロはあとでもらうとして、ブラン・ド・ブランをグラスでもらおうか。お嬢ちゃんはどうする？」

未亜にとっては別世界のようなこの場所も、大地には馴染みのある店らしい。メニューを見ることなく注文する姿に「大人だなあ」なんてぼんやりしていたら、急に水を向けられた。

「えっ、わ、わたしは、えーっと」

「軽い食前酒のようなものがよろしいですか？」

当惑する未亜に、ホールスタッフの女性が助け舟を出す。

「あ、はい。そうですね」

——って、食前酒も何も、お酒飲んだことないんですが！

いろいろと好みを聞かれ、最終的にアルコール薄めのピーチアマレットなるものを作ってもらうことになった。

「〜〜〜っっ、おじさん！」

ホールスタッフがテーブルから離れるのを待って、未亜は大地を睨みつける。

「なんだい、そんな顔して」

「こんな高級なお店、来たことないから緊張してるの」

「そいつはよかった。大人になるということは、そういう経験をいくつも積んでいくことだからね」

どこか他人事のように、それでいて困り顔の未亜を楽しむように、大地が笑った。

それにしても。

——すっごいお店だなあ……

日本を代表する企業の、錚々《そうそう》たるビルが連立する街。それらを一望できる、地上三十八階のレストラン。たしかに、アルバイトの帰りに着替えず来るわけにはいかない店だ。

大地は、日本橋へ来る前に銀座のブティックに寄って、未亜を着飾らせた。この日のために、前もって店にも連絡をしておいてくれたらしい。

「竜児が見たら、どこの娘さんかと驚きそうだ。普段と違う装いも、よく似合っているよ」

いつものパステルカラーではなく、大人っぽいピーコックのワンピースは、このままパーティーにでも出席できそうなシフォン素材。ノースリーブであらわになった肩口が少し恥ずかしいけれど、フィッシュテールスカートが気に入った。

「どうせ、竜児は『悪くない』くらいしか言わないよ。髪を切っても『短いのも悪くない』だから」

「おやおや、女心のわからない男だねえ」

運ばれてきたドリンクが、それぞれの前に置かれる。大地はスパークリングワイン、未亜には桃のスライスが入ったピーチアマレット。

「乾杯はあとにしておこう。先に乾杯まで済ませたんじゃ、竜児もかわいそうだ」

慣れた所作で、大地がグラスを口元に持ち上げる。

──鎌倉のおじさんって、昔からミステリアスなところがあるけど、いったい何者なんだろう。

竜児の兄貴分とは聞いていたが、この上品な男性が極道関連だとはとても思えない。ならば、どこぞの社長か、資産家か。

「おじさんは、いつから竜児と知り合いなの？」

「いつから、ねえ。あれがまだ十六、七のころからのつきあいになるから、二十五年くらいか」

「えっ……そんなに!?」

予想よりも長いふたりのつきあいに、未亜は思わず身を乗り出した。

「じゃあ、竜児はそのころ高校生？」

「ずいぶんと悪さが好きな高校生だったもんだよ」

「へえー、ねえ、もっと教えて。竜児の弱みになりそうなこと、重点的に！」

未亜の食いつきぶりに、大地が苦笑する。

「困ったお嬢ちゃんだ。保護者には優しくしておやり」

そう言いながらも、若かりし竜児の失敗談や笑い話をいくつか披露してくれる大地は、相変わらず未亜に甘い。

「……ねえ、おじさん。竜児の過去の恋人の話とかはないの？」

「おや、珍しい。どうして急にそんなことを気にするようになったんだい？」

「だって、竜児ってあの見た目だから、そういうのが好きな女性からはモテそうでしょ？なのに、家に彼女を連れてきたこととかなかったから」

この機を逃したら、次に大地とふたりで話をするのはいつになるかわからない。聞きにくいとは思いつつも、未亜はあえて切り込んだ。

「ははっ、それは当然のことだろうに。竜児はおまえさんの父親代わりだよ。父親が、家に女性を取っ替え引っ替え連れてきたら、子どもはたまったもんじゃない。違うかい？」

「それはそうだけど……って、え、ちょっと待って。つまり、外では取っ替え引っ替えしてるってこと⁉」

想像したくないけれど、もしそれが事実なら受け入れなくてはいけない。竜児がどこの誰とどんな関係を持っていても、それを理由に嫌いになれるとは思えないからだ。

「ただのたとえ話だ。あいつは、お嬢ちゃんを引き取ってから、浮いた話ひとつないからね」

「…………今、竜児のことかばってる？」

「かばう理由なんかないだろうに」

大地の話によれば――

たしかに、竜児は夜の商売をしている女性から、とても好まれるらしい。けれど、仲間内では竜児の親バカっぷりは有名で、特に未亜と暮らすようになってからは、夜遊びひとつしなくなったことで周囲を驚かせていたのだという。

――実際、竜児が夜に家にいなかったことってないなあ。

そう考えると、大地の言うとおり竜児は女っ気のない生活を送っている可能性が高い。

「……父親だから？」

短い沈黙のあと、未亜は上目遣いに大地に問う。

「さて、ほんとうの理由なんて当人にしかわからないものだ。お嬢ちゃんだってそうだろう？　秘密のひとつやふたつ、その歳になればあっておかしくもない」

何か感づいているのか、大地が意味ありげに笑いかけてくる。

「う……それは、その……」

「それでも気になるなら、本人に聞いてごらん。ほら、ご登場だ」

軽く顎を上げて、大地が未亜のうしろを指す。振り返れば、スーツ姿の竜児が案内のホールスタッフを置き去りに、早足で歩いてくるところだった。

「なっ……!?　未亜、なんだ、その格好は！」

「え、何って、おじさんが着替えを買ってくれたんだよ」

「大地さん、聞いてませんよ。未亜もいるだなんて」

珍しく慌てた様子の竜児に、大地はくっくっと笑い出す。

——え、じゃあ、竜児は今夜、おじさんと会うつもりで『帰りが遅くなる』って連絡してきたの？　わたしがいることを知らずに？

「いやいや、ふたりともいい反応をしてくれる。これでこそサプライズというものだ」

竜児が席に着くと、先ほど未亜にピーチアマレットを提案してくれた女性スタッフがやってきた。アンバーエールを注文する竜児は、未亜の知らない大人の男の顔をしている。家では見られない表情だ。

「未亜、おまえ、それアルコールじゃないだろうな」

「ピーチアマレット」

「大地さん！　何を飲ませようとしているんです！」

未亜は、大地といるときの竜児が格別に好きだった。ハスキーな声に焦りが混ざる。彼にとって、大地は古くからの知人というだけではなく恩人なのだと聞いたことがある。

——高校生のころから知り合いだなんて、頭が上がらないんだろうな。

「お嬢ちゃんだってもう成人式も終えた、立派な大人だ。おまえさん、いつまでも保護者ぶっているとそのうち追い越されてしまうよ」

「やっぱり、鎌倉のおじさんはわかってる～」

同調した未亜を、竜児がぎろりと睨みつける。そんな怖い顔をしたところで、大地の前では主人に忠実なドーベルマンみたいな竜児がかわいい。

「ところで、私は大事なものをお嬢ちゃんに渡し忘れていたみたいだ。成人、おめでとう」

きれいに包装された、細長い箱がテーブルに置かれる。

「えっ、わたしに？」

「開けてごらん」

「ありがとう、おじさん」

包み紙を慎重に剝がしていくと、中から出てきたのは縦長のジュエリーケースだった。蓋を開けるとそこには、誰もが知る有名なオープンハートのネックレスが、天井の照明を受けてキラキラと輝いている。

「かわいい……！」

「せっかくのお祝いの席だ。よかったら、つけてみるといい。——竜児、ぼさっとしてないでつけてやりなさい」

「はあ」

なんとも気の入らない返事で、それでも竜児は未亜の手からネックレスを受け取ると、立ち上がって椅子のうしろに回る。

なんとも言えない沈黙に、未亜はほんのりと頰を赤らめた。

そうしている間に、竜児の注文したアンバーエールが届く。

——え、なんだろう、この高揚感。

細いチェーンが肌をかすめるひんやりしたくすぐったさ、そしてゴツゴツした大きな手で未亜にネックレスをつけてくれる竜児。そのどちらも初めてのことで、ひどく鼓動が高まっていく。

「思ったとおり、よく似合う」

そう言って、半分ほど減ったスパークリングワインのグラスを掲げる大地と、

「……悪くはない」

口調こそぶっきらぼうだが、目尻をわずかに下げる竜児。

「ありがとう、とっても嬉しい！」

未亜も、大地にならってピーチアマレットのグラスを持ち上げた。

乾杯直後。

大地がスーツの内ポケットに手を入れて、スマートフォンを取り出した。

「失礼、仕事の電話だ」

彼は、そう言ってレストランの入り口へ向かう。

「……いつの間に、大地さんと約束なんかしていたんだ？」

「竜児から遅くなるって連絡もらったあと、ちょうど帰ろうとしたら、おじさんがファルドゥムに来たの。びっくりした」

「なるほど。大地さんは最初から、俺を驚かせるつもりだったんだな」

小さく笑う竜児の、低くかすれた声が耳に心地よい。慣れない高級なレストランでも、竜児がいてくれるとそれだけで安心できる。

そういえば、と未亜は自分のいでたちを見下ろした。

――おじさんのおかげで、今日のわたしってかなり大人っぽいんじゃない?

いつものフェミニンな格好とは違う、鮮やかな色合いのワンピースにパンプスで、竜児も自分を見直してはくれないだろうか。

悪くないより、もう少し良い評価がほしい。女っぽくなったな、なんて彼はきっと口が裂けても言わないだろうけれど、せめて少しはキレイだと思われたいのが女心というもの。

ピーチアマレットをひと口飲んだところで、大地が戻ってきた。

「すまない、お嬢ちゃん。せっかくの祝いの席だというのに無礼だが、今から急に仕事になった」

「えっ、今から?」

せっかく久しぶりに会えたのに、食事前に帰ってしまうだなんて寂しい。だが、仕事の邪魔をするほど、未亜とて子どもではないのだ。

「ああ、悪いね。埋め合わせは必ずするから、楽しみにしておいで。――それから竜児、過保護もいいがお嬢ちゃんだって大人なんだ。飲み方をきちんと教えてやりなさい。今夜の支払いは私が持つから、この子においしいものを食べさせてやってくれ」

「わかりました。すいません、大地さん」

竜児は、ばっと立ち上がると、ぶれることない体幹できっちり四十五度のお辞儀をする。

未亜も竜児にならって立ち上がった。

「ああ、いい、いい。そんなことしなくていいよ。今夜は楽しんでいきなさい」

「ありがとう、おじさん。また今度、ゆっくり遊びに来てね。成人式の写真、おじさんに渡す分もプリントしておく！」

帽子をかぶり、軽く手を上げて、大地はレストランを出ていく。

――こんな時間からお仕事って、ほんとうかな。もしかして、さっきの話でわたしの気持ちに感づいて、なんか気を利かせたとかじゃないよね!?

まさか、と思う反面、大地なら気づいていそうな気もするから参った。竜児の過去を教えてくれる人は、ほかにいない。だから、つい前のめりになってしまったけれど――

「さて、メニューでも見るか。未亜は何が食べたい？」

当の竜児は、せっかくのキレイなワンピースにも、愛らしいネックレスにも興味がないらしく、ホールスタッフにメニューの相談を始めた。

――ぜんっぜん、女心がわかってない！

悔し紛れに、手元のピーチアマレットを一気に呷《あお》る。想像していたよりも、アルコールというものは飲みやすい。

「同じものを、もう一杯ください」

「かしこまりました」

何か言いたげな竜児をよそに、未亜はつんと顔を背けた。

♪。+.○.+。♪。+.○.+。♪


「んん……、頭痛いぃ……」

こめかみの上、偏頭痛とも違う嫌な頭痛に未亜は呻く。自分の声で目を覚ました場所は、自宅とは違うベッドの上だ。

——え、ここ、どこ？

白い天井と壁は、間接照明のおぼろげなオレンジ色に染まっている。ベッドだけではなく、当然室内にも見覚えはない。

「起きたのか。ほら、水を飲め」

竜児の声に安堵し、顔を上げるとまた頭に痛みが走った。

「痛っ……、何これ、わたし、どうしたの？」

さっきまで、イタリアンレストランで食事をしていたはずなのに、どうしてこんなに頭が痛いのか。

質問しておいて、未亜はすぐに理由に思い当たった。

——お酒のせいか！

自分を女性として見てくれない竜児に拗ねて、ピーチアマレットを何杯も飲んだのは覚えている。

「おまえはアルコールの合わない体質なんだろ。父親譲りだな」

そう言って、竜児がペットボトルのミネラルウォーターを差し出してきた。ご丁寧に、キャップを一度ひねってから。

父親譲り。

その言葉に、わずかな違和感を覚える。

竜児の言う父親とは、当然彼のことではない。ならば、未亜の亡くなった父がそうだったのだろうか。

――お父さんのことを話してくれるなんて、珍しいな。

とりあえず、ベッドの上に座ってミネラルウォーターを飲む。冷たい水のおかげで、頭痛が少しやわらいだ。

「――ここって、客室?」

室内を見回す余裕も出てきて、レストランがホテルの最上階にあったことを思い出す。

「大地さんがいたら、大笑いされたぞ。あの人は、笑い上戸だから」

胸元に、オープンハートが揺れた。

そのとき、なんとも形容しがたい心もとなさを感じる。

――なんだろう、心もとないっていうか、解放感?

自分を見下ろして、未亜はぎょっとした。

着替えた覚えもないのに、分厚いパイル地のバスローブを着ているのだ。

「なっ……こ、これ、竜児が……!?」

しかも、心もとなさがブラジャーをしていないことによるものとわかって、頬がかあっと熱くなる。

だが、食事時と服装が違うのは未亜だけではない。竜児はなぜか上半身裸で、スラックスのベルトをゆるめている。

「……その様子じゃ、覚えていないようだな」

——何を!?

もしや、自分が酔っている間にふたりが色っぽい関係に——と考えて、そんなことはありえないと、未亜は頭《かぶり》を振る。

「部屋に来た途端、気持ちが悪いと言い出したんだよ」

「あっ……!!」

竜児のジャケットやワイシャツを汚した記憶がよみがえり、両手で頬を挟む。ありがたいことに、ホテルのクリーニングサービスなら、すぐに元通りになるらしい。

「それに下着を緩めないと、具合が悪くなるだろ。だから着替えさせた。そんな顔するな。おまえの体なんて、四歳のときから見慣れてる」

いつにもまして低い声で、彼は平然と言い放った。

「み、見慣れてるって……」

「おねしょしたあと、おまえをシャワーに連れていったのは誰だと思ってるんだ」

――それは小学校二年生までの話だから！

七歳のころと、二十一歳の今を同じに思われるのは、さすがに納得がいかない。

けれど、結局のところ竜児にとって未亜は女ではないのだと突きつけられてしまう結果に、頭よりもひどく胸が痛んだ。

「いいか。これからは、あんなに無茶な飲み方はするな。相手が俺だからいいものの、ほかの男の前で同じことをしてみろ。どうなるかわかるだろう？」

「…………んない」

「ん？」

「わかんないって言ったの！」

手にしていたペットボトルをベッドの上に放り出し、窓際のチェアに座る竜児に向かって、一歩、また一歩と近づいていく。

「おまえ、何をそんなに怒ってるんだ」

「怒ってなんかない」

「おい、待て、こら……」

いつもと違う未亜の様子に気づいたらしく、竜児がゆったりとしたチェアから立ち上がった。そこに、未亜は両腕を広げて抱きつく。

広い胸板も、くびれのない腰も、未亜とは違う。これは、男の体だ。大好きな竜児の体なのだ。裸の胸は、静かに鼓動を打っている。

「……まだ酔ってるのか?」

「酔ってない」

「じゃあ、甘えてるのか?」

「甘えてない」

「ったく、どこのお子さまだよ、おまえは。さっきから、ナイナイばっかりだ」

バスローブ越しとはいえ、ノーブラで抱きつかれても動じることのない竜児に、未亜の苛立ちは頂点に達した。

「わかってないのは、竜児のほうだよ!」

こんなに好きなのに、いつだって子ども扱いばかりで、挙げ句の果てには「おまえの体なんて見慣れてる」だなんて。

たしかに、告白もしていないし、それっぽい素振りも見せていないかもしれないから、未亜の恋愛感情に気づいてないのは当然だ。だが、抱いてもいない女の体を前にして、見慣れているだなんて言い草は無粋どころではない。

「俺は、わかってないか？」

何を、とは問わずに、竜児が優しく頭を撫でてくる。

「……わ、わかってないよ。そう言ったでしょ」

「そうか。悪かった」

謝られてしまえば、許さないわけにはいかなくなることを、彼は知っているのだ。いっそ、ずるい男にさえ思えてきた。

「機嫌を直してくれ。おまえに拗ねられると、俺は弱いって知っているだろう？」

――ほら。そうやって、わたしの気持ちをすぐにコントロールしちゃうところ。

竜児のハスキーな声で頼まれると、未亜は絶対に断れなくなる。彼の声には、人の心を惑わせる魅力があるのだ。

「……じゃあ、どうしたいんだって聞いて」

「はいはい、未亜はどうしたいんだ？　どうしたら、機嫌を直してくれる？」

即座に未亜の要求に応えた竜児は、子どものわがままにつきあう父親のようで。

――わたしがほしいのは、そんな竜児じゃないっ！

がばっと顔を上げると、身長差のある彼をまっすぐに目で射貫く。

「だ、だったら、わたしとして！」

精一杯の誘惑に、相手は首を傾げた。

それもそのはず、何を自分としてほしいのか、さすがに恥ずかしくて単語を口にしなかった。

「してって、何をだ?」

「っっ……だから、その、わたしと……」

ゴニョゴニョと言いよどんでいると、竜児は本気でわかっていないらしく、「なんだよ、言えよ」と迫ってくる。

ここまで来たら、千載一遇の好機を逃すわけにはいかない。未亜は、腹をくって大きく息を吸った。

そして。

「わたしとセックスしてって言ってるの!」

次の瞬間、ふたりの間に完全なる沈黙が訪れた。

待つこと、軽く三十秒。

竜児がわずかに身を反らす。

「……は?」

全身全霊を込めた言葉に対して、返事がたったの一文字とは。

恥ずかしさと悔しさが相まって、未亜は自分の口から出る言葉を制御できなくなってしまった。

「だから、竜児が今まで過保護すぎたせいで、わたし二十一歳にもなって彼氏ができたこともないんだよ？　このままだと、一生処女かもしれないじゃない！」

「いや、待て待て、何を言っているんだ、おまえは」

「何を言ってるって、竜児に責任取ってほしいって言ってるの！」

自分が、勝手なことを言っている自覚はある。

こんなのは、子どものわがままでしかないし、責任転嫁も甚だしい。

彼氏がいないのは竜児が過保護なせいではなく、未亜がほかの男に興味を持てないからだし、竜児以外の男に抱かれたくなどないのだから処女なのも必然である。

それでも、もう放ってしまった言葉を取り消す魔法はないのだ。未亜に残されたのは、このまま竜児に向かって突き進む道のみ。

「そうは言われても、俺はおまえの父親代わりだ。せめて相手を選んで言え」

「相手を選べって、じゃあ、わたしがほかの誰かとそういうことをしても、竜児は平気なの!?」

「……おい、少し落ち着けよ」

「わたしが、どこの誰ともわからない男に抱かれても平気かって聞いてるの！　答えてよ！」

――ああ、もう駄目だ。もう終わりだ。今すぐ消えてなくなりたい。

力を失っていく心の声とは裏腹に、未亜は竜児に答えを求める。

彼が、未亜を子ども扱いするのは自身を保護者だと考えているからにほかならない。つまり、未亜は性欲の対象にはなりえず、あくまで保護すべき子どもなのだ。

自分が竜児に男を求めるかぎり、未亜を女として求めない彼との間には平行線しか存在しないと知ってなお、この男がほしいと思う気持ちを止められない。

——明日から、どんな顔をして竜児と一緒にいればいいんだろう。もう、ほんとうに終わりだ。世界の終わりだ。わたしの世界が完全崩壊だ……

竜児は、何も答えなかった。

沈黙こそが答えということなのだろう。

「……っ、竜児、わたしはね、わたしは、二十一歳だよ。子どもじゃない。裸を見られるのだって、ぜんぜん慣れてない……」

振り絞った勇気が尽き果てて、未亜は涙声で竜児の名前を呼ぶ。

竜児、竜児、竜児——

大好きな人の名前を呼んで、こんなに胸が痛くなるだなんて、初めて知った。頭痛など、すっかり忘れてしまった。

「りゅ——……っ!?」

もう一度、呼びかけようとした刹那。

唐突に、目の前が何かで覆われる。

「っっ……ん、ぅ……っ」

違う。

覆われたのは、目の前ではなく唇だ。視界が暗くなったのは、未亜が目を閉じたから。

――え、嘘、これってまさか……！

噛みつくように荒々しく、竜児の唇が未亜のそれを奪っていた。

父親代わりだと言った、同じ唇で。

竜児が嵐のようなキスを繰り返す。

「んっ……ん、んん……っ」

口を割られ、唇の裏まで竜児のキスが入り込んできた。背筋がゾクゾクと痺れる。膝から力が抜けて、立っていられなくなりそうだ。

ふらつく未亜の体を、力強い腕が抱きとめている。いつの間に、と思った瞬間、バスローブが足元に落ちていった。

「……っ……!?」

「わかってるのか」

これまで聞いた中で、いちばんかすれた竜児の声。

「ぇ……、な……」

「セックスっていうのは、こういうことをするんだ。おまえは、わかっていて俺を誘ったのか？」

急に自分が恥ずかしくなって、未亜は両腕で胸元を隠そうとした。しかし、それより早く竜児が左右の手首をつかんでしまう。

「隠していたらできないだろ」

そのまま、ずんずんとうしろ向きにベッドまで押し切られ、未亜の体が仰向けになった。素肌にネックレスが揺れて、最後の砦となっていた下着を剝ぎ取られる。

「〜〜〜っっ、竜児、待っ……」

やめてほしいわけではない。けれど、初めてなのだからもう少し優しくしてほしかった。

「誰でもいいなら、俺が相手をしてやるよ。だけどな、心のないセックスなんて、服を引き剝がされて性感帯をこすり合うだけのことだ。それでいいのか？」

ほんとうは。

誰でもいいなんて、思ったことは一度もない。

——だけど、竜児に抱かれたいって言ったら、それは受け入れてくれないんでしょ……？

涙目で、未亜は大好きな人を見つめる。

ほかの誰が相手でも、こんなことはできそうにない。竜児だから、ほしいと思う。それなのに。

「なあ、それでいいのかって聞いてるんだ」

ぐっ、と脚の間にゴツゴツした太い指が押し当てられる。柔肉を手探りで割って、竜児は未亜の入り口に指先をあてがった。

「りゅ……じ……」

「ここだ。ここに、男を受け入れたいっておまえは言ってるんだぞ」

キスで、ほんのわずか湿っていた蜜口が、ちゅぷりと音を立てて中指を受け入れる。さほど奥まで入ったわけではなく、浅瀬に触れられているだけだというのに、未亜の体はひどくひりついた。

「ぁ、あ……っ……」

竜児の腕に爪を立て、未亜はイヤイヤと頭を横に振る。

「くそっ、こんなに狭いと指でも傷つけちまいそうだ」

吐き捨てるように言った彼が、蜜口から手を離した。しかし、これで終わったわけではない。竜児は、間髪を容れず未亜の上にのしかかってくる。

左右の太腿の裏に、竜児の膝が割り込んできた。脚を閉じることもできないまま、未亜は竜児の吐息を胸元に感じる。

「ハ……」

せつなさと淫靡《いんび》さの混ざる息に、腰がひくっと震えた。それを合図に、竜児が両手で乳房を弄《まさぐ》りはじめる。

「ん……っ……」

先端に触れるのを避けて、膨らみを持ち上げる手のひら。左右五本の指が、別々の生き物のようにやわらかな肌を這う。

敏感な部分には触れられていないのに、四肢から力が抜けていくようだ。やわらかなベッドに、背が深く沈む。

「おまえの肌は、いい香りがする」

竜児は、胸をあやしながら鎖骨に鼻先を近づけた。そして、そこに大地のくれたネックレスがあることに気づいたようだ。舌先で、チェーンごと肌をなぞりはじめる。

「あぁっ……！　や、それ、んっ……」

濡れた舌の感触に、勝手に声が出た。反応は声だけではなく、腰の奥にも甘い疼きが渦巻きはじめる。

「裸でアクセサリーだけつけた格好なんて、恥ずかしくないのか？」

——誰のせいだと思って……！

「……っ!!」

笑いを含んだ声が耳元で聞こえて、返事をするよりも先に、竜児が耳たぶに歯を立てた。

「ああ、なるほど。ここが感じる、と」

首から肩まで、一瞬で肌が粟立つ。

これまで未亜が想像していた快感とは、気持ちがよくておかしな声が出てしまう——そういうもののはずだった。現に、舌で肌を舐《ねぶ》られる感触は、淫靡な悦びを喚起する。

だが、歯を立てられるのは、それとは違っていて。

「りゅ……、竜児、それ、ダメ……っ」

「これか?」

軽く耳たぶを噛んだまま、竜児は鼓膜を直接震わせるように吐息混じりの声で問う。

「それ! それ、ダメなの……っ、ん、んっ!」

直接的な性感ではなく、どちらかというと急所を押さえられた焦燥感に似た奇妙な感覚があった。

——なのに、すごく……ゾクゾクする……!

「耳を噛まれるだけで、そんなにいやらしい声出すほうが、よっぽど駄目だろ。まださわっていないのに、乳首も立ってるぞ」

乳暈の上下を親指と人差し指で挟み、先端をくびり出すように交互に指で肌を押し込んでくる。

「ひぁ……っん!」

もどかしさに、あられもない声がこぼれた。

「まだ、ここにはさわらない」

あえて宣言をして、竜児は耳から首へと舌を這わせる。舐められた部分は、唾液に濡れてひんやりと冷たさを覚えた。

「……こんな、焦らすみたいな……っ」

「焦らすみたいだと？　未亜、俺は今、みたいじゃなく焦らしてやってるんだよ。セックスしたいと言われて、ハイソウデスカ、と突っ込むんじゃただの棒でじゅうぶんだ。おまえは俺を——十七年間、おまえのそばにいた俺を、初めての男に選んだんだろう？　ただの棒よりマシだと思わせてやるよ」

この男は。

今まで、一度として雄《おす》の貌《かお》を未亜に見せてこなかったというのに、本性は違っていたのだ。初心者相手に、ずいぶんと念入りに焦らしては、ハスキーな声で甘く笑う。

その声に、未亜の体がいっそう蜜をあふれさせると、知っていてやっているのだろう。

だが、未亜とて相手をただの棒扱いしたつもりはない。竜児でなければ、意味がないのだ。竜児だから、抱かれたい。この関係をすべて壊してしまうのだとしても——

「〜〜〜っっ、ぅ、もう、ちゃんと……」

「ちゃんと？　処女のくせに、何がちゃんとしたセックスかなんてわからないだろ」

あえぐ口を、竜児がついばむだけのキスで塞ぐ。二度、三度、四度。それ以上は、もう数えられなかった。かすめては離れ、すぐに戻ってくる唇。

——もっと、さっきみたいにして。

唇が重なった瞬間、未亜は自分から舌を伸ばす。けれど、竜児はそれを軽くかわして顔を上げる。

「竜児、やだ、もっと……」

「もっと、なんだ?」

「もっと…………っ」

キス、して。

そのひと言が、恥ずかしくてたまらない。さっきは、セックスしてほしいだなんて、乱暴なことを平気で言えたくせに、キスのほうが恥ずかしく感じるだなんて。

「どうした? さっきまで威勢がよかったのに、急におとなしくなったな」

——イジワルな、竜児。

涙目で、未亜は自分を育てた男を睨みつける。けれど、そのまなざしに力はない。睨んでいるつもりが、どこか懇願する目をしている自覚もなしに、彼女は竜児を見上げた。

「……そんな目で見るなよ。こっちがおかしくなりそうだ」

「え……?」

急に、彼が胸のあたりに顔を近づける。やっと触れてもらえる——そう思った自分を、彼には知られたくない。みだらで、いやらしくて、親代わりだった男に欲情する自分を。

「っっ……、ん、竜児、ぁ……！」

しかし。

彼は、未だに敏感な部分をほったらかして、色づいた部分を舌先でなぞっていく。円周をねっとりとたどる舌に、未亜の腰がびくびく震えた。

あと数センチ、彼の口が近づけばほしいところに悦びが得られる。その距離が恨めしい。

「お願い、お願い……っ」

もう、今にも口走ってしまいそうになる。自分からそんなところを舐めてほしいとねだる言葉なんて、とても言えそうにない。言えそうにないからこそ、声に出したらますます感じてしまうのでは――

「お願い、竜児……、な、舐めて……」

ぴちゃぴちゃとわざとらしく音を立てて、竜児は乳首の周辺を舐めてくる。声に出さなくとも「舐めているだろ?」と言いたいのが伝わってきた。

「違うの、そこじゃなくて……」

含羞に濡れた甘い息を吐いて、未亜は彼の両肩に手を置く。

――もう、我慢できない……っ！

ぶるっと大きく体を震わせたタイミングで、待ち構えたように竜児が口を大きく開けた。

思わず、目を瞠る。

竜児は、未亜の乳房を大きな口に含んで強く吸い上げた。かぶりつくような所作、このまま自分が食べられてしまうのではないかと思うほどに、体がひどく反応する。

「ん、んんーっ!!」

求めていた快感に、シーツの上で体が跳ねた。白い喉を反らし、竜児の肩に爪を食い込ませる。

「ひと舐めでイッたりするなよ。これからだぞ」

「い、イッてなんか……」

「へえ?」

ちゅぽっ、と音を立てて先端を吸い上げると、竜児は舌先を絡めてきた。濡れた粘膜で全体をねっとり締めつけられているところに、いやらしく蠢《うごめ》く器用な舌。未亜は、得も言われぬ快感に、びく、びくっと何度も腰を揺らす。

「りゅ……あ、あっ、ああ!」

「イッてなんかいないんだろ? ほら、まだまだ序の口だ。反対もかわいがってやらないとな」

それまでさんざんあやした乳首を突き放し、竜児はもう一方に顔を埋める。そして、唾液で濡れた先端を、今度は指で弾いては撫で、撫でては弾いた。

──嘘……っ、こんな、こんなにすごいの……!?

これでまだ序の口だとは、先が思いやられる。とてもではないが、平気なふりはできそうにない。

「……っ、ふ……っ」

必死に声をこらえるも、それに気づいた竜児が先端を弾く指を強くした。

「やっ……!」

「我慢なんかさせない。もっとイイ声を聞かせろよ」

ツンと屹立した胸の頂に、舌先が躍る。竜児の動きは予測不可能で、未亜を翻弄しながら煽っていく。

肩で息をし、全身に薄く汗をかいたころ、しとどに濡れた脚の間に満を持して指が戻ってきた。

「っっ……! 待っ、だ、駄目、今はダメ!」

未亜は、両手で竜児の腕を押し止《とど》める。けれど、力の差は歴然だ。未亜の二倍はありそうな逞しい腕を相手に、力勝負などできるはずもない。

「抵抗されるのも、なかなか悪くないものだな」

竜児が、クッと喉の奥で笑う。

その声が、表情が、細めた目が、歪めた唇が。

狂おしいほどに、扇情的だった。

腰の深いところで、欲望が甘く響く。力の抜けた手を押しのけて、竜児が柔肉を中指の腹でなぞり――

「！　あ、あっ……」

彼の指よりもずっと熱っぽい、自分の秘所。ひと撫でで、竜児の指をぐっしょりと濡らす蜜に、未亜は顔を覆った。

――こんなになっちゃうなんて、恥ずかしいのに……

「すべりが良くなった。このほうが、おまえも気持ちいいだろ」

指が往復するたび、僂い間《あわい》からにじむように蜜があふれてくる。出処《でどころ》を探る素振りで、竜児の指が蜜口に近づいた。

「ぁ、ああ、竜児、竜児……っ」

彼がほしい。

それなのに、触れられるだけで泣きたくなるほど胸が痛い。

彼を欲して濡れるこの体を、彼にだけは知られたくなかった。こんなにも竜児をほしがっている自分を知られてしまえば、もう元のふたりには戻れない。

――わかってる。こんなことをお願いしておいて、元通りになんてなれっこない。ううん、親子ごっこじゃもう満たされないって、わたしはずっと知ってたんだ。

「力、抜いておけ。ほら、顔も隠すなよ」

「だって、竜児が……」

「俺が？」

顔を覆う手の甲にキスされて、腰から背中に甘い電流が走る。ひくん、と小さく浮いた腰に、骨ばった太い指が突き立った。

「……っ、ぁ、あ……っ！」

中指一本、それも第二関節まで。

ただそれだけで、未亜の体はガチガチに緊張する。怖いわけではなく、嫌なわけでもなく、むしろ自分からせがんだ行為だ。頭ではわかっているのに、体が言うことを聞かない。両手は、もはや顔を覆うことさえ忘れていた。シーツに指先を食い込ませ、かろうじて自分を保つ。

体の内側に異物があるというのは、こんなにも落ち着かないことなのか。今は指一本だというのに、実際に竜児の劣情を受け入れたらどうなってしまうのか——

「——未亜」

急に優しく名前を呼ばれて、彼の指を受け入れた蜜口が、きゅっと締めつけを強くする。

「泣きそうな顔をするな。俺は……おまえの、そういう顔に弱い」

きりりとした一本眉を、左右不揃いにハの字に下げて、竜児がほんとうに困った様子でこちらを覗き込んだ。

「……もうやめておくか？」

「や……めない……っ」

「意地を張った結果の処女喪失なんて、おまえにとってもろくなことはないだろ」

彼にとっては、その程度の認識だと知らしめられる。

――ただ、好きな人に初めてをもらってほしいってだけだったのにな。

「この続きは、ほんとうに好きな男ができたらしてもらえ。急ぐ必要はないんだからな」

蜜口から、指が抜き取られる。入ってくるときの異物感もすごかったが、出ていくときも奇妙な違和感が残った。

「や……、やめないって言ったのに……」

「バーカ、そんな泣きべそかいた女相手に、これ以上できるかよ」

さっと背を向けた彼に、未亜は裸のままで抱きついた。

「おい」

「……やだ」

「やだってなんだよ。風邪ひくぞ」

もう、先ほどまでの雄の表情は跡形もなく、竜児は未亜の父親代わりの仮面をかぶり直している。

「ほんとうに好きな男にしてもらえだなんて、勝手なこと言わないでよ。わたしは、竜児がいい。竜児がいいの。ほかの誰かじゃ嫌だ」

「未亜――」

しゃらり、と小さくネックレスが揺れた。

「だってわたし、竜児のことがずっと好きだった。だから竜児に抱かれたいって言ったのに、ここまできて怖気づかないでよ。最後の最後で大人ぶって逃げるなんて嫌だよ、竜児！」

振りほどかれそうになった腕で、きつくしがみつく。逞しい腹筋と背筋が感じられた。竜児の体は、分厚い。太っているのではなく、筋肉の量が未亜とは違う。

客室のインターフォンが、唐突に沈黙を破った。

未亜の腕を振りほどいた竜児がドアを開けると、クリーニングに出していた衣類が届く。

ドアが閉まるのを待って、未亜は彼の名を呼んだ。

「……竜児、」

「少し、頭冷やせ」

懸命の告白も、彼には届かなかったようだ。

竜児は振り向くことなく、衣服を身につけると部屋を出ていった。

残された未亜は。

呆然と、ベッドの上で宙を見つめることしかできなくて。

大きな目から、音もなく涙がしたたる。そのしずくの塩辛さに、いっそう自分がみじめになった。


♪。+.゜+。♪。+.゜+。♪


二十四時まで営業しているバーラウンジで、竜児はひとり、グラスを傾ける。

カウンターの内側では、無口なバーテンダーがグラスを磨いていた。

久々に飲むマッカランの味さえよくわからないのは、一時間前の出来事のせいだ。

——ずっと好きだったって、あれはどういう意味だ？

女性から「抱いてほしい」と頼まれるのは、四十二年も生きていれば初めてではない。未亜と暮らすようになってから、その手の言葉に応じたことはなかった。相手が誰でも、どんなときでも、竜児は自分を律して生きてきた。

そうすることが、誠実さだと彼は思ってきたのだ。

父親にはなれない自分を知っている。まして、実の父親である貴彦のように振る舞うこともできはしない。だからこそ、未亜に対して誠実であることを自分に課してきた。

未亜の告白を、子どもの戯言《たわごと》だと思っているわけではない。それどころか、彼女にそんなふうに思わせてしまったのは、自分のせいだと反省している。

——あいつを娘だと言いながら、女として見ていたのは俺のほうだ。

表に出さないようにしていたつもりだが、誰よりもそばにいた未亜には何かしら影響を与えてしまったのだろう。そのせいで、彼女はあんなことを言い出したに違いない。

なりきれない父親代わりを、降板する日は遠くない。ずっと頭にあったことだが、このまま未亜のそばにいることは、彼女にとってよくないことだ。

戸籍上は他人でも、竜児と未亜は長らく一緒に暮らしてきた。当人同士にとってはもっとも近い他人だが、外から見れば家族だ。親子だ。父と娘なのだ。そんなふたりが男と女として振る舞えば、爛《ただ》れた関係だと邪推されても反論はできない。

——いつからだ。いつから、俺はあいつを子どもとして見られなくなった？

ロックグラスの中で、アイスボールがゆっくりと溶けていく。ウイスキーが薄まり、水割りに近い風味へと変化していくのを見るともなしに眺めながら、竜児は考える。

未亜を特別な存在として扱ってきたのは、おそらく彼女を引き取ったその日からだ。しかし、竜児が幼女におかしな感情を持つわけもなく、当時はあくまで保護者としての気持ちしかなかった。

中学に上がった未亜が、上級生からラブレターのようなものをもらって帰ってきたことがある。わずかばかりの寂しさを感じはしたが、揶揄する竜児の目の前で「バカみたい」

と手紙を捨てる姿に彼女の将来を心配しつつ、安堵した。

当時はそのことを、「まだかわいい娘がほかの男に手出しされない」ゆえの安堵と思っていたけれど、ほんとうにそうだったのだろうか。考えはじめると、わからなくなる。

なにしろ、十七年だ。

幼児期は別として、いつから未亜に特別な感情を持ったかなんて、自分でもはっきりしない。それどころか、未だにこの『特別』というのが男女の情愛なのかどうかも見極められない。

見極めたくない——というのが、真実だと頭ではわかっていた。

未亜は、特別かわいい。

特別、愛らしい。

特別、いとおしい。

特別、大切で。

特別、守りたい存在だ。

それと同時に、彼女を抱きしめて壊してしまいたくなる瞬間が、竜児にはあった。もし自分があと十五歳、いやせめて十歳若かったなら、男として未亜に触れていたかもしれない。

——ったく、こんなことならさっさと枯れちまえばいいものを。

保護者であることを選んだのは、自分なのだ。ならば、決めたことは最後までまっとうするのが人の道――それは、尊敬する兄貴分の言葉である。

『やると決めたなら、途中で投げ出すようなみっともない真似はしなさんな』

そう言って背中を押してくれたのは、十七年前の大地だった。蜆沢組との関係を清算し、カタギの娘を育てると決めた竜児を、彼だけは最初から応援してくれたのを忘れられない。

『いまや、猫の子や犬の子だって、飼って飽きたからぽいと捨てるわけにはいかないんだ。まして、おまえさんが預かるのは人間の女の子なんだから、決めたことは最後までまっとうするのが人の道だ。それを踏み外すときには、誰が不幸になるかようく考えるんだね』

あのときも、竜児はマッカランを飲んでいた。ウイスキーの味なんてろくにわかりもしない若造が、大地の前で大人ぶりたくて注文したマッカラン。

――つまり、俺は未亜を女として受け入れるわけにはいかない。いや、そんなのは最初からわかってるんだがな。

保護者になると決めたのならば、最後まで未亜を守りきらなければいけない。中途半端に手を出して、今夜の自分は最低だった。

「よろしければ」

バーテンダーが差し出したのは、枝付きの干し葡萄《ぶどう》とチョコレートがひと粒乗った小皿である。

「サービスですので、お嫌いでなければ召し上がってください」

「ああ、いただくよ」

普段は、あまり甘いものを食べない竜児だが、ウイスキーを飲むときだけはドライフルーツの類《たぐい》を少し食べる。チョコレートは包装されているので、未亜用に持ち帰ろう――と思ってから、この状況でチョコレートを渡すのは子ども扱いだと思われて機嫌を損ねることに気づく。

――そのくらいで、いい。

きっと、未亜は憤慨するだろう。

目尻のきゅっと上がった愛らしい目で、竜児を睨みつけてくるに違いない。

だが、それでいいのだ。

ふたりの関係は、そのくらいがちょうどいい距離だと知っている。

竜児は、干し葡萄を枝からひと粒つまんだ。

甘いはずの葡萄は、わずかに皮のえぐみと酸味を感じさせる。

「……酸っぱい葡萄ってやつだな」

小さく自嘲し、彼はロックグラスを傾けた。


♪。+.｡.+゜♪。+.｡.+゜♪

日付が変わる直前に、竜児が何事もなかったような顔で客室へ戻ってきた。正直、彼がここへ帰ってくるとは思わなかったので、未亜は目を丸くした。

「なんだ、まだ起きてたのか」

バスローブ姿でベッドのふちに腰かけて、未亜は竜児を見上げる。

「……竜児こそ」

早寝の竜児が、二十四時近くまで起きているのは珍しい。彼は、何も言わずに目を細めると、ポケットから何かを取り出して放ってきた。

「えっ、何……っ⁉」

反射的に手を伸ばし、両手でそれをキャッチする。つかんだものは、金色の包装紙で包まれたチョコレート。

「それでも食べて、機嫌を直せよ」

——はあ⁉

頭の中が、一瞬で沸騰する。怒りともやるせなさとも説明できない、入り混じった感情に未亜は声も出せなくて。

「俺の部屋は左隣だ。怖い夢を見たら、ノックしに来い」

「そんなの、どうせ寝ていて気づかないでしょ」

「まあ、そうだろうな。俺の寝つきの良さは天下一品らしい」

わざとらしさのかけらもなく、竜児が低い声で短く笑った。

けれど、知っている。

彼は今、意図的にいつものふたりの関係を繕おうとしているのだ。だからこそ、チョコレートで機嫌を取るような真似もしたのだろう。

——なかったことにしたいんだね、竜児。

胸の底が、しんと静まり返る。

精一杯の想いを、ずっと言えずにいた気持ちを、彼はなかったことにしようとしているのだ。そう思うだけで、泣きそうになった。

「はいはい、わかったからさっさと寝たら？　明日、起きられなくても知らないよ」

ベッドから立ち上がり、お望みどおりいつもの未亜らしい返事をする。

たぶん、自分はあまりいい娘ではなかっただろう。わがままも言ったし、竜児の過保護ぶりを嫌がったこともあった。本来、未亜の面倒を見る責任などないはずの彼に、これまで長い間迷惑をかけ続けてきたのだ。

だから。

竜児が、なかったことにしたいと望むのなら、諦めるべきなのだと自分に言い聞かせる。

実際に、彼を好きでなくなることはできそうにない。けれど、もう彼を好きだと言わず、今までと同じに振る舞うくらいはできるはずだ。

――大好きだよ、竜児。

心の中でだけささやいて、未亜は笑って見送った。

「おやすみ、未亜」

「おやすみなさい」

ドアが閉まると、急に室温が下がった気がする。ひとりぼっちで落ち込んでいたときよりも、いっそう肌寒い。エアコンはついているはずなのに、どうしたことだろう。

未亜は、壁のリモコンの前に立ち、右手で室温調整のボタンを押した。
ピ、ピッ、と小さな電子音が鳴る。
それに合わせて、ぽたぽたと目から透明なしずくがこぼれた。

――大好きだよ、大好きなんだよ、竜児。

「……だけど、竜児にとってわたしは、結局どこまでも子どもでしかないんだね」

誰にも届かないひとり言が、心の奥深くに沈んでいく。

眉尻が上がって、怖そうな顔立ちの竜児。そのくせ、人一倍過保護で料理上手で、エプロンの似合わない竜児。いつだって、寂しい夜にはそばにいてくれた竜児――

もう、あの温かいベッドに未亜の居場所はなくなってしまった。

裸足のつま先に、やわらかなカーペットに、いくつもいくつも涙が落ちていく。

彼が触れた肌がせつなくて、未亜は自分の体を抱きしめて泣いた。


翌朝、未亜は竜児を起こさずに六時半にホテルをあとにした。

一晩中泣いたせいで、目が赤く腫れている。さすがに、この顔を見たら竜児も何か思うだろう。

電車で帰宅する途中、ＳＮＳでメッセージを送っておく。

『用事があるから、先に帰る』

『竜児も、仕事に遅刻しないようにね』

スタンプひとつない、無愛想なメッセージ。けれど、これがいつものふたりだ。

――いつもどおりにできるまで、どのくらいかかるかな。

今朝はまだできないけれど、明日、明後日、一週間もすれば、取り繕うくらいはできるようになるだろう。

完全崩壊したと思った世界を、竜児が禁断の手法――『何も聞かなかったふり』でつなぎとめてくれたのだ。ならば、未亜にできることは彼の厚意を無駄にしないこと。

阿佐ヶ谷の自宅に帰り、慣れたバスルームで熱いシャワーを浴びる。短い髪を乾かして、夏用の冷たいアイマスクを準備して、三階の寝室へ向かう。

ひと眠りしたら、今日もアルバイトに行かなくてはいけない。バイトを休んだりしたら、きっと竜児が心配する。

負けず嫌いの本領を発揮するなら、今だ。

未亜はベッドに仰向けになると、アイマスクで腫れたまぶたを冷やした。

枕元のスマホが、SNSのメッセージを受信したことを知らせて何度も振動していたけれど、アイマスクが優先だ。今、自分がしなければいけないことは目を冷やすこと。

――目っていうか、本来は頭を冷やすべきなのか。竜児はそう言ったんだ。

せっかくまぶたを冷やしている最中だというのに、じわりと涙がにじんでくる。

「バカ竜児、頭なんか冷やしたところで好きって気持ちはなくならないよ……」

アイマスクの上に右腕を乗せ、未亜はひとり悪態をつく。十七年分の恋心を踏みにじられたのだから、このくらいの悪態は許してもらいたいところだ。

――どうせ、メッセージも竜児からなんでしょ。

二十分のアイシングを終えて、未亜は起き上がる。スマホを確認すると、案の定竜児からのメッセージが三件。さらには写真まで送られてきていた。

『なんで先に帰った』

『今日はバイトか?』

『ホテルのモーニングブッフェうまいぞ』

お皿に盛り付けたブッフェの料理らしき写真は、たしかにいつもなら羨ましく思うところだが、さすがの未亜も今朝ばかりは食欲がない。

竜児は無神経なのか、それとも意図的にこんなメッセージを送ってきているのか。彼のことを知っているつもりでいても、だんだんわからなくなってくる。

「……とりあえず、ココアでも飲んでからバイト行こう」

二階のキッチンに着くと、ポケットでまたスマホがぶうんと振動した。

『今度は一緒に食べような』

既読スルーをものともせず、思いがけない優しい言葉を送ってきてくれる彼のことが、昨日よりもっと好きになる。

「わざとだとしても、無自覚なアラフォーって意外とタチが悪いよ、竜児」

大きくため息をついて、未亜は電気ケトルに水を注いだ。


♪。+.ο.+。♪。+.ο.+。♪


四月一日は、一般的にエイプリルフールと呼ばれる。嘘をついて誰かを驚かせても怒られない日だ。

竜児と未亜の誕生日は、なんの偶然か同日で、それも四月一日だった。毎年、まとめてふたりでお祝いをする。今年も、そうして誕生日が過ぎてから一カ月——

ゴールデンウィークが明けて、今日から竜児は仕事が始まる。未亜は、サービス業のため世の大型連休とは縁がない。例年なら、連休中に一日は休みをとって竜児と過ごしたものだが、今年はそうしなかった。

結局。

お互いにどんなに普通を装っても、ふたりの間にはあのホテルでの一件から、小さな溝ができてしまったのである。

表面上は、去年と変わらないふたり。

けれど、もう二度と元通りにはなれないふたり。

未亜は、連休明けの『ファルドゥム』で書棚の掃除をしながら、胃のあたりを左手で撫でる。最近、胃痛が治らない。

体型こそ華奢だが、未亜は健康には自信があった。インフルエンザにかかったこともなければ、大きな病気をしたこともない。骨の一本も折ったことがないので、病院とは無縁の生活だ。

何より、病院が苦手だから行きたくない気持ちがある。

両親が亡くなった夜。

未亜は病院の待合室で、長い時間を過ごした。最初は何が起こったのかわからず、看護師が声をかけてくるたびに両親のことを尋ねた。けれど、誰も未亜にほんとうのことを言ってくれなかった。

父と母は、もう未亜と一緒に暮らすことができない。一緒にごはんを食べることも、一緒にお風呂に入ることも、一緒に凧あげをすることもできないのだと、説明をしてくれたのは駆けつけた伯母だったように記憶している。

初めて会う伯母は、自分のことをあまり良く思っていなかった。それは、子ども心にも感じるもので、両親を亡くした直後であっても、そっけない伯母に甘えることさえできなかった。

今でも、夏になると少し胃痛がする。

両親の命日には、毎年無理をして食事をするのが慣例で、未亜は竜児に心配をかけないためだけに、食欲の落ちた体にムチを打つ。

――だけど、夏以外でこんなふうになるのは珍しいな。

家にいるときは、朝晩食事をしているけれど、もう一カ月近く昼食をきちんと食べていない。ゼリー飲料を買ったこともあったが、面倒になって最近は何も食べなくなった。

「芹野さん」

店長の桐子に呼ばれ、未亜は静かに振り返る。

「最近、顔色が悪いけれどどうかした？」

あまり個人的な会話をしたことのない店長から、急にそんなことを尋ねられたから、未亜は驚いてしまった。

年齢不詳のクールビューティー。実は、宝塚の元男役です、と言われたら誰もが信じてしまいそうな桐子は、本とコーヒーを愛する建築家である。

「いえ、特には」

「そう。体調が良くないなら、休みをとったほうがいいよ」

「ありがとうございます」

返事をしつつも、未亜は必要以上にバイトを休むつもりはなかった。家にひとりでいると、竜児のことばかり考えてしまう。

だからといって、一緒に出かけるような友人もいないのだ。

小学校、中学校、高校と、合計十二年も学校生活を送っていたはずなのに、卒業後に連絡をとる相手もいないだなんて、自分はずいぶん寂しい生活を送っているのかもしれない。

それでも、構わなかった。竜児がいてくれるなら、それだけでいいと思っていた。

――だけど、このままじゃいけないんだ。

竜児を好きな気持ちを消すことはできない。彼に、この先の関係を望むことももうしないだろう。

「ところで、話はぜんぜん違うんだけど」

会話は終了したものと思っていたが、桐子がまた唐突に口を開く。

「芹野さんって、ひとり暮らしをしたかったりしない？」

脈絡のない質問に、一瞬言葉を失った。

ひとり暮らし。そんなこと、考えたこともない。

「そう、ですね……」

「姪に貸していた1LDKのマンションがあるんだけど、急に結婚が決まって出ていくことになったから」

桐子は、分譲で購入したマンションの賃借人を探しているのだという。築十七年だが、室内はフルリフォームしているからきれいだと説明された。

「芹野さんだったら、月五万でいいよ」

「……それは、さすがに安すぎませんか？」

『ファルドゥム』から徒歩五分の場所にあるというマンションが、その値段で借りられるだなんて世間知らずの未亜でも信じられない。

「姪には月三万で貸していたから、それより少し上乗せしてる。使いみちもないから、借りてくれる人を探しているんだけど」

竜児と離れて暮らすだなんて、今まで一度も考えたことはなかったけれど、もしかしたらそうすべきなのだろうか。

——わたしがいたら、いつまでも竜児は父親代わりを続けなくちゃいけない。恋人を作ったとしても家に連れてこられないし、結婚だってきっとしないんだ。

だとすれば。

未亜が、彼の家を出るのが正しいような気もしてくる。

「少し、考えてみてもいいですか?」

「もちろん。急に悪いわね」

見慣れた黒のカフェエプロン姿で、桐子が一階へと螺旋階段を下りていく。そのうしろ姿を見送って、未亜は心がざわつくのを感じていた。

そばにいたいと思う気持ちと、いつまでも竜児に迷惑をかけていてはいけないのだという気持ちが、常に未亜を同じ強さで引っ張っている。

以前は、どんなに時間がかかってもいいから、いつか竜児を振り向かせたいと思ったものだ。そうでなければ、想いが伝わらなくてもいいから一生彼のそばにいたい、と。

——もう、どっちもできなくなったんだから、竜児の家を出たほうがいいのかな。

十七年。

それは、決して短い時間ではない。

竜児の人生の半分近い時間を、未亜はこれまで独占してきた。自分さえいなければ、竜児だって結婚をして家庭を築き、今ごろ子どものひとりやふたり、いてもおかしくなかったのだ。ほんとうは高校を卒業したときに——あるいは二十歳を過ぎたときに、もっと熟考しておくべきだった。自分が、いかに竜児の人生を消費しているかということを。

今年の四月で、竜児は四十二歳になった。

いかに魅力的な男だとはいえど、あまり年齢を重ねていっては結婚相手も見つからないかもしれない。ならば、一日も早く未亜は竜児を解放すべきなのだろう。

「痛……っ……」

キリキリと胃が痛んだ。

まるで、「そんなことはしたくない」と訴えるような痛みに、未亜は左手でみぞおちあたりをさする。

——駄目だよ。もう子どもじゃないっていうなら、わがままを言っちゃいけないんだ。

その日の夜、風呂上がりの未亜は高校を卒業してから初めて、寝室の机に向かった。タブレットでひとり暮らしに必要なものを調べながら、真新しいノートにかかる経費をまとめていく。これまで働いた三年間、ほとんどのバイト代を貯金してきたこともあって、月五万円の家賃なら問題なく暮らしていけそうだ。

計算を終えて、パジャマ姿でリビングのある二階へ下りていく。

そろそろ寝ようとしていた竜児が、驚いた顔で未亜を見た。

「どうした?　何かあったか?」

「何、急に」

「見たことのないような、思いつめた顔をしているからだろ」

自分では気づかなかったけれど、竜児を驚かせるほどひどい顔をしていたらしい。髪を切っても驚いてくれないくせに、思いつめた顔をしたら心配してくれる。竜児は、優しくて残酷だ。

「あの、さ」

言いかけたものの、その先の言葉が出てこない。

『ひとり暮らしをしようと思うんだけど』

ほんの三秒とかからずに言い切れるフレーズ。すでに、部屋で何度も練習したその言葉が、どうしても声に出せなくて。

「おまえ、顔色が悪いぞ。風邪でも引いたんじゃないか？」

長い脚で大股に近づいてきた竜児が、未亜の首に横から触れる。あとから風呂を使った竜児は、まだ手のひらがだいぶ熱い。

「竜児の手のほうが熱いよ」

「それもそうだ」

「熱はないから、だいじょうぶ」

このまま、ずっと触れていてくれたらいいのに。そんな想いを、未亜は片手で軽く振り払った。

「未亜、あのネックレスはもうしないんだな」

「鎌倉のおじさんからもらったネックレスのこと？」

「ああ」

バイト先で失《な》くしては困るから、オープンハートのネックレスは大切にしまってある。

そのことを言うと、竜児が少しだけ目尻を下げた。

「そうか」

「つけたほうがいい？」

あの夜——

竜児は、ネックレスのチェーンに沿って未亜の肌に舌を這わせた。ねっとりと熱く肌の上をなぞる舌が、今でも鮮明に思い出せる。

——竜児にとってみれば、あれはきっとバカなことを言い出したわたしにお仕置きをしただけなのに。

それでも、思い出すと体の奥が火照る。あの夜のように、竜児に触れられたいと願う。

その気持ちこそが、彼の足枷になっていると知っていて、未亜は口をつぐんだ。

「いや、使わないと大地さんも寂しがるかと思っただけだ」

すれ違いざまに、竜児がなかばクセになった所作で、未亜の頭をぽんぽんと撫でる。

子ども扱いをされたくないのなら、子どもではないのだと証明するしかない。その方法は、もう自立するくらいしか思いつかないけれど。

「竜児」

未亜は、喉を引き絞るようにして彼の名を呼んだ。きっと、切実な声だったのだろう。彼が一瞬躊躇《ちゅうちょ》するのがわかる。

ひと呼吸置いて、竜児は何も気づかないふうに口を開いた。

「……夜更かししてないで、早く寝ろよ」

「竜児！」

——ああ、こんなことをするつもりじゃなかったのに。

言葉にできない想いを胸に、未亜はぎゅっと竜児の背中に抱きついていた。

湯上がりの肌が、パジャマ越しにもじんと熱い。硬く引き締まった体を感じて、せつなさがこみ上げてくる。

竜児は、黙って立っていた。

振り払うでもなく、振り向いて抱きしめ返してくれるわけでもなく、ただ未亜のなすがままにさせている。

それこそが、彼の答えなのだと思った。

「ねえ、竜児。わたしがひとり暮らししたいって言ったら、どう思う……？」

今ほど、自分を嫌な女だと思ったことはない。ひとり暮らしをしたいと言うのではなく、ひとり暮らしするつもりだと宣言するのでもなく、彼の反応を試すような問いかけをしているのだ。

「――ひとり暮らし、だと？」

予想外の、低い声が響く。地獄の底から響くような、ドスのきいたハスキーボイス。

即座に、彼は未亜の腕を振りほどいてこちらに向き直った。両方の手首をつかまれ、逃げることもできない。

「りゅ……」

「もう一度、きちんと説明してみろ。どんな理由でここを出ていくんだ。おまえにやりたいことがあって、この家ではできないことだというなら話を聞く」

竜児の目は真剣そのものだ。背筋が、ゾクリと冷たくなった。

「理由って、それはただファルドゥムの店長が、所有しているマンションの部屋が空いたから格安で貸してくれるって言っていて……」

何も間違ったことは言っていないし、嘘もついていない。桐子は、池袋駅からほど近いマンションを、信じられないほど安い値段で貸してくれると言っている。

「未亜」

怒りをこらえるような声で、竜児に名前を呼ばれた。

「俺は、おまえの親代わりのつもりだ。おまえがそのことをどう思っていようと、一人前になるまで養うと決めて引き取った」

「……うん」

普段はオールバックにセットしている黒髪も、今は自然にひたいにかかっている。それだけで、だいぶ印象は違った。

「もう、二十一歳だよ。竜児は、十七年もわたしの面倒を見てくれた」

つかまれた両手首は、疼きを覚える。

そんなふうに強引に、竜児という存在を自分に刻んでくれたらいいのにと願う気持ちがどうしても消えない。だから、未亜はこの家を出ていかなくてはいけないのだ。

「たかが二十一歳で、何ができる」

「やろうと思えば、なんだってできるよ。仕事だって結婚だって――」

結婚については、相手がいないとできないのだが、それはさておき。

「結婚……？　おまえ、ひとり暮らしっていうのは男を連れ込むためじゃないだろうな」

「そんなわけないでしょ」

あまりに真剣な竜児を前に、未亜は目をそらした。

その鋭い目で見つめられると、心のすべてを見透かされる気がしてしまう。

――それに、連れ込みたい男なんて竜児しかいない。

こんなことを思っているると知られたら、ますます彼との間に距離ができてしまうのはわかっているのだ。

「……却下する」

前触れなく、竜児が未亜の手を離した。

彼は話の続きを聞くつもりがないとばかりに、未亜を置き去りにして階段へ歩いていく。

「待ってよ！　却下って、なんで……」

「うるさい。却下すると言ったら却下だ。おまえみたいな世間知らずの娘がひとり暮らしなんかしてみろ。すぐに悪い男に騙されるのは目に見えてるだろ」

ずんずんと歩を進める竜児を追いかけ、未亜も階段を駆け上がる。リビングの照明は点けっぱなしだ。

「どう思うって聞いただけなのに、そんな返事おかしいじゃない！」

未亜も、黙ってはいられない。

たとえ自分勝手に見えたとしても、竜児を想って離れる決心をしたのに、世間知らずだから男に騙されるだなんて、どんな昭和思考だ。

「どう思うか答えたまでだ。わかったらおとなしく寝ろ」

「わかってない！　おとなしくなんか寝られない！」

寝室へ入ろうとする竜児のパジャマを、うしろからぐいとつかむ。けれど、未亜の力では大人の男を引き止めることなんてできるはずもなくて。

「っっ……！」

踏ん張った両脚が、がくんと前のめりになる。それを見越していたのか、竜児の腕が体を支えてくれた。

「……頼むから、ちゃんと幸せになってくれ」

耳元で聞こえた声は。

胸が底まで裂けてしまいそうなほどに、懊悩《おうのう》に歪んでいた。

だったら、竜児が幸せにしてよ――なんて、冗談で言えるほど未亜は大人になれない。今、強がりでそんなことを言えば、きっと泣きそうになる。

「竜児、知らないの？」

彼の腕から体を離し、未亜は愛しい男を見上げた。

「わたしね、竜児といてすごく幸せだった。だから、これ以上竜児の時間を奪いたくないんだよ」

「な……」

何を言っているんだ、と続けようとしたのかもしれない唇を、未亜は強引に自分の唇で塞いだ。

竜児が、未亜を支えるために腰をかがめていたからこそ、できることである。そうでなければ、長身の竜児相手に背伸びしても唇は届かない。

「もうじゅうぶん、幸せにしてもらった。だから、これからはちゃんと自分で生きていくの。竜児も、竜児の人生を生きてよ」

つま先立ちのキスは、すぐに終わりを迎える。

フローリングに踵《かかと》をつけて、未亜は少しだけ笑った。

「それじゃ、おやすみ」

返事を確認する前に、未亜は竜児の寝室のドアを背中で閉める。向かい合わせになった自身の寝室へ逃げ帰ると、ベッドにもぐり込んで頭からブランケットをかぶった。

思考と感情と行動が、どれもこれもちぐはぐで自分にうんざりする。

――だけど、こんなときだって、竜児とキスできて嬉しいって思ってるんだよ。知らないでしょ、竜児……

その夜、海棠家の二階の照明は、一晩中消されることはなかった。

第三章　溺愛明夜　After deep affection

「珍しいこともあるもんだよ。おまえさんのほうから、会いたいなんて言い出すとはね」

開口一番、鎌倉大地はそう言った。

銀座七丁目のバー『Third place』は、二十五年前と何も変わっていない。当時すでに五十前後だったマスターは、七十をとうに過ぎているだろうに、あのころと同じく無口に背筋を伸ばしている。

「お忙しいところ、申し訳ありません」

スツールから立ち上がると、竜児は分度器で計ったようにきっちり四十五度のお辞儀をした。この礼儀作法は、若い日に大地から教わったものだ。

「そんなことやりなさんな。おまえさんは、もうこっちの人間じゃないんだろ」

愛用のパナマハットを脱ぐと、手ぐしで髪の乱れを直し、大地がスツールに座った。

「いつもの」

「かしこまりました」

短い会話に、竜児は懐かしさを覚える。

店名でもある『Third place』とは、自宅や職場に次ぐ第三の居場所という意味だ。ここにいる間、客たちは店の外での立ち場も肩書きも忘れ、スコッチウイスキーを楽しむ。シックな店内には、古いジャズが流れていた。何年経っても変わらない場所。それが、このご時世どれほど貴重か、竜児も四十を過ぎてわかるようになってきた。

「それで、何かあったのかい」

ロックグラスが運ばれてくると、大地がちびりと味を確かめる。

「……いえ、ただ大地さんとゆっくり飲みたいと思いまして」

「まったく、おまえさんは昔から嘘が下手な男だよ。何もなく、お嬢ちゃんを夜にひとりで家に置いておくわけがないじゃないか」

大地は、いつだってすべてお見通しだ。彼の前では、隠し事ができない。それでも、竜児はこれまでずっと「自分はただの親代わりみたいなもんですから」という立ち場を徹底して貫いてきた。

嘘ではないから、言えることだ。

少なくとも、未亜の保護者だという自負はある。あの娘が幸せになれるまで、養い、守り、育てること。それを自分の人生だと、竜児は心から思ってきたのだから。

「で？　おまえさんは、いつまで知らんぷりをしているつもりだね」

繊細な外見に似合わず、大地はいつも早々に核心を突く。今夜、こうして時間を作ってもらったのも、来る前から理由はわかっていたのだろう。

「麻疹《はしか》みたいなもんです。熱が下がるまで、気づかないふりをするしかありません」

未亜の恋情を、大人の女の情愛として受け止めるには、竜児はあまりに彼女を知りすぎている。泣いた顔も拗ねた顔も、困った顔も驚いた顔も、そして幸せそうに笑った顔も、すべて幼いころのまま、脳内に再生できてしまうのだ。

「ずいぶんと勝手な保護者もあったもんだ」

ふ、と大地が息だけで笑った。

「さんざんかわいがっておいて、情はあるけど愛はないだなんて言わせないよ。おまえさんだって、憎からず思っているんだろう？」

返事に詰まり、竜児はグラスをぐいと呷る。

「大地さん、あいつに何か吹き込んだんじゃないでしょうね」

素面《しらふ》では聞きにくいことだが、竜児はひそかに確信していた。

大地が食事に誘ってくれた日。

あの日、彼が突然仕事だからと席をはずしたのは、極めて怪しい行動だった。なにせ、大地は未亜を猫かわいがりしている。かわいい未亜のために店を予約し、服を買い与え、プレゼントまで準備しておきながら、食事の前に姿を消すなど、本来ありえないことだ。

「いいや、何も」

男性とは思えない、どこか艶《つや》めいた横顔。

――そういえば、この人は昔から読めねえ人だったな。

「あいつは見た目によらず無鉄砲で、思い込んだら突っ走るしか知らない女なんです。あまりおかしなことを吹き込まんでください」

「吹き込んだりはしてないさ。私は、ほんとうのことしか言わない男だからねえ」

飄々とそんなことを嘯いて、大地がマスターにドライチェリーとローストカシューナッツを注文した。

「……だったら、何か知っているんじゃないですか？」

「あのお嬢ちゃんのことをかい」

「ええ」

カウンターに出されたナッツをひとつつまみ、大地が頬杖をつく。

「ま、おまえさんにわからんことを私が知っているというのも一興だね。だが、竜児しか知らないあのお嬢ちゃんのことだって、いくらもあるだろうよ」

「大地さん、煙に巻こうとしてますね」

「煙に巻こうとしているのは、この場合おまえさんのほうだろう。お嬢ちゃんはお嬢ちゃんなりに真剣に考えて行動している。それは、竜児がそうやって育てたから間違いない。だのに、当のおまえさんはどうだ。お嬢ちゃんの気持ちを麻痺だなんて決めつけて、逃げ回っているんだろうよ」

「……それは、いや、なんというか」

昔から、竜児はこのきれいな顔の兄貴分に舌戦で勝てたことがない。体格とて竜児のほうがひと回りも大きいのに、殴り合いをすれば負ける。頭は切れるし、見た目に反して腕っぷしも強く、怖いもの知らずの鬼神の大地は健在だ。

「いいかい。あれはもう、子どもって年齢じゃない。目を見ればわかることだよ。しっかり、女の目をしてやがるじゃないか」

グラスのスコッチウイスキーを半分ほど飲み干すと、大地は内ポケットから分厚い長財布を取り出した。

「大地さん、ここは俺が」

「カタギに奢られるような謂《いわ》れはないねえ。マスター、これでそこの社長に好きなものを飲ませてやっておくれ」

一万円札を何枚かまとめてカウンターに置くと、大地は来たときと同じく涼やかな表情で帽子をかぶる。

「飲んだところで、忘れられる女じゃない。それを思い知って帰りな」

ふっと笑って、彼が店を出ていった。

残された竜児は、空席になったスツールに目を落とし、やはりどうにも敵わないものだと唇に笑みを浮かべた。


男女の情は、きれいごとだけでは語れない。

少なくとも竜児は、若い時分にそういう男と女をいくらも見てきた。体を重ねれば、情はいっそう深くなる。そのうち、上っ面だけの愛の言葉など意味を失い、ただ寄り添うだけでいいと言い出し、こじらせた女のひとりは「あの人が生きていてくれるならそれだけでじゅうぶんだ」と泣いていた。無論、竜児の女ではない。兄貴分の愛人の話である。

恋に焦がれて鳴く蟬よりも鳴かぬ蛍が身を焦がす——とは、大地から教わった都々逸《どどいつ》だ。竜児の若いころでさえ、そんな恋愛は古臭さを感じさせた。だが、四十路も過ぎて思うのは、愛し方は人それぞれだということ。

自分が蟬でも蛍でも構わない。

あの娘が幸せならば、それでいいと竜児は心底思っている。それだけなのだ。

——だが、そのそれだけってのが厄介なんだよ。

タクシーで帰宅するころには、すでに酔いも醒めていた。二階の窓から明かりが漏れている。

二十三時を過ぎ、そろそろ欠伸《あくび》が出はじめる頃合いだ。竜児は玄関先で料金を払ってタクシーを降りた。

玄関の扉を開けると、わずかに違和感を覚える。

なんのことはない、シューズクロークのドアが開けっ放しなだけだ。

だが、未亜はいつもクロークのドアをきちんと閉めてから二階に上がる。閉め忘れるような何かがあったのかと、竜児は無言のままに眉間のしわを深くした。

「未亜、いるのか?」

階段を上がり、電気の点いた二階のリビングダイニングを覗くも、彼女の姿はない。

ダイニングテーブルにブリーフケースを置いて、竜児は室内をぐるりと見回す。

キッチンのシンクは片付いており、ソファ前のテレビは何も映してはいなかった。つまり、人の気配がないということ。バスルームの様子を確認するも、真っ暗な上に水音も聞こえてこない。妙な胸騒ぎがする。

ならばと三階へ上がったが、未亜の寝室をノックしても返事はなく、竜児は意を決してドアを開けた。

「未亜っ!」

いない。

どこにもいない。彼女の姿がない。

ウイスキーで芯から温まっていたはずの体が、急激に冷えていく。

「未亜、どこだ！　未亜!!」

階段を駆け下り、彼女がいるはずのない一階の書斎からくまなく家中を捜した。けれど、未亜はどこにもいなかった。

静まり返った家は、まるで棺のように冷たい。これは現実なのだろうか。竜児は、未亜の不在に指先が凍りつくような恐怖を覚えた。

玄関を飛び出し、住宅地を走る。ウイスキーを飲んだあとなので、車は運転できない。ジムで体を動かすときの爽快感とは違い、未亜を捜して走る夜はひどく体が重く感じた。

「未亜、未亜っ」

あまり大きな声を出してはいけないとわかっているのに、名前を呼ぶほど焦燥感が募る。走っているうちに、次第に駅の近くまでやってきて、辺りがコンビニエンスストアや居酒屋、カラオケ店の明かりに包まれた。

帰宅途中のサラリーマンとすれ違う。自分はよほどひどい顔をしているのか。相手がぎょっとする。

——どこへ行ったんだ？　まさか、俺が反対したから黙って家を出たわけでもないだろう。だが、もし誘拐されたのだとしたら、暴漢に襲われたのだとしたら……

考えるほどに、残酷な事態ばかりを想定してしまう。

十七年。

彼女を大切に育ててきたのは、悲しい結末を迎えるためではなかった。未亜の笑顔が、竜児の支えだった。

一度は、人の道をはずれた生き方を覚悟した自分に、幼い未亜がもう一度人生を与えてくれたのだ。だからこそ、彼女の幸せを願ってここまでやってきた。

「未亜！」

ワイシャツの背中は、汗でぐっしょりと濡れていた。張り付く布が気持ち悪い。髪は乱れ、前髪が幾筋もひたいに落ちてきている。そこからも汗はしたたり落ち、目に入ると視界が歪む。

痛みと恐怖。

長らく疎遠だったふたつの感覚から逃れるように、竜児は夜の街を走った。

そのときだった。

「……っ、未亜！」

赤信号の横断歩道の向こうに、二十四時間営業のスーパーマーケットの明かりが眩しい。

自動ドアの出入り口から、エコバッグを提げた未亜が姿を現す。

「未亜！　未亜!!」

喉も裂けんばかりに、竜児は彼女の名前を呼んだ。

驚いた顔をして、未亜がこちらに目を向ける。肩口で揺れる黒髪が、ひどく頼りなげに見えるのはなぜだろう。

誰よりも愛しい彼女。

小柄な体に華奢な四肢、きゅっと上がった目尻の猫目は意志の強さを感じさせる。幼くして両親を亡くし、それでも気丈に生きてきた未亜。

心臓が、壊れそうなほどに早鐘を打つ。

待ちきれないとばかりに、信号が青に変わった刹那、竜児は全速力で駆け出した。

「ちょっ……竜児!? 何、なんなの？」

理性は、とうに焼き切れていた。この娘は、自分が手を出していい相手ではない。父と娘のように暮らしてきたのだから——なんて言い訳は、すでに頭のどこにもない。

ただ、彼女の無事を強く実感したくて。

いや、それすらも言い訳でしかないのかもしれない。

もう竜児には、未亜が自分の大切な女だということを隠す余裕さえなくなっていたのだ。

スーパーの前で、彼女の細い体を抱きしめる。汗だくの四十男に抱きつかれ、未亜がどう思おうと構わない。彼女を失うかもしれないと思うだけで、こんなにも恐ろしく感じることを、竜児は知らなかった。

「ねえ、ちょっと、竜児ってば」

「……おまえが、勝手にいなくなったせいだ！」

腕の中に未亜を閉じ込めて、逃がさないとばかりにきつく抱きしめる。

「いなくなったって……ちゃんとテーブルの上に書き置きしてきたでしょ」

そんなものは知らない。

だが、そういえば帰宅後すぐにダイニングテーブルに荷物を置いた。あるいは、その下に未亜の言う書き置きがあったということか。

「明日の朝の牛乳がないから、買いに来ただけなのに」

「こんな遅くにひとり歩きなんかするな。何かあったらどうするつもりだ」

「何かって、そうそう何かは起こらないんだよ、竜児。あーあ、もうこんなに汗だくになって、家からずっと走ってきたの？」

呆れた声で、未亜が竜児の背に手を当てる。ジャケットの上からでも、汗でぐっしょりと濡れているのがわかるのだろう。

何かが起こらない保証など、どこにもないことを竜児は知っている。未亜だって、知っているはずだ。

幸せな日常は、歯車がひとつズレただけで壊れてしまうほど儚い。

「失うのは、一瞬だ」

幼い弟が死んだとき、竜児は死神の鎌がどれほど残酷に命を刈り取るかを知った。朝は元気いっぱいだった弟が、夜には霊安室で冷たくなっていた。

未亜の両親とて同じである。

最後に会ったときも、貴彦と未来は朗らかに笑っていた。冗談を言って、愛娘とボードゲームをしていた。しかし、竜児の知らないところで彼らもまた、冷たい亡骸に変わってしまったではないか。

何かは、起こってから悔やんでも遅い。

何も起こらないよう、平穏無事な毎日を維持しなければ、いつだってたやすく命は奪われていく。

「うん、そうだね。でも、わたしはここにいるし、まったく何も起こっていないんだし、とりあえず落ち着いて」

「落ち着けるか！」

まだ、心臓が痛い。

人目もはばからず、駅近くのスーパーの前で自分の娘と言ってもおかしくない年齢の女性を抱きしめているだなんて、いつもの竜児にはありえない事態だ。

だが、自分でもどうしようもなかった。二本の脚でどこへだって駆けていける彼女を、このまま自由になどさせられない。目の届かないどこかへ行ってしまうのを、笑って見送ることなどできるはずがない。

ずっとわかっていたことを、改めて自覚する。

未亜を愛している、と――

「あのねえ、どうせわたしなんて女じゃなく子どもなんでしょ。竜児はいつだって子ども扱いするじゃない。だから、何も起こるはずが――」

「……思ってない」

かすれた声に、未亜が息を呑むのがわかった。

――子どもだなんて思っていない。とっくに、おまえは俺の中で女になっていた。

「子どもだったら、いっそラクだろう。おかしな気持ちになることもなかった。自分の育てた娘みたいな女相手に、こんな想いを抱くこともなかった」

「え……？」

当惑する未亜が、わずかな期待を込めて竜児を見上げてくる。

――そうだ。俺はおまえのことを、ひとりの女として見ていた。だが、おまえはほんとうに俺を男として認識しているのか？　その感情は、麻疹みたいなものじゃないのか？

汗で濡れたひたいを、手の甲で拭う。

それからもう一度、未亜の体を抱きしめた。

もし、彼女の想いが麻疹のようなものだったとしても構わない。完治することなく、一生《い》き延《の》びてきたのだ。

治らない恋の病ならば、それはいつか愛と呼ばれることになる。その日まで、未亜を決して離しはしない。その日が来ても、その先もずっと。

竜児は覚悟を胸に、愛しい女にささやきかける。

「俺は、おまえの父親代わり失格だ。ずいぶん前から、未亜が女にしか見えない。子ども扱いでもしなきゃ、自分を制することもできないくらいに」

「竜児……」

信じられない、と未亜が何度も瞬きを繰り返す。

「本気で言ってる？」

彼女は、小さな声でそう問うた。

「こんな嘘をつくほど、俺の根性は曲がっていない」

「そういうことじゃなくて！」

もぞ、と腕の中で未亜が体をよじる。

「だから、わたしのことをちゃんと女として見てるっていうのは、その……」

「あの夜、」

竜児は未亜の耳元に口を寄せた。耳殻に唇が触れるほどの距離で、まだ整わない息の下、隠し続けた本心をさらけ出す。

「俺の下で感じているおまえを、抱かずに突き放すだけで理性が焼き切れるかと思った。ほんとうは、抱きつくして俺だけのものにしたかった」

「っっ……!?」

一瞬で、頬から耳まで真っ赤になった未亜が、竜児の胸をドンと押しのけた。

「なっ、なな、何を、こんなところで、何を言ってるの!?」

「本気で言っているかと聞いたのはおまえだろ。だから、本気で答えた」

大人の本気は、タチが悪い。

あとがないからこそ、一度走り出したらブレーキがきかないのだ。

「バカ、バカバカ、竜児のバカっ！」

「それがどうした。その程度で、おまえの気持ちは変わるのか」

「変わるわけないでしょ！　竜児のことなんか、大好きに決まってる！」

汗で湿った胸元に、未亜が自分から顔を押しつけてくる。今だけは、加齢臭とやらがしないことを祈った。

「……竜児」

「ああ」

「おうちに帰ろう。あと、さすがに恥ずかしい」

彼女の言い分はもっともである。

竜児は両腕をほどくと、未亜の手から牛乳の入ったエコバッグを取り上げた。

「うう……、顔が爆発するぅ……」

両手で頬を挟んだ未亜を、もう誰にも渡せそうにない。

「覚悟しろよ」

「えっ、何が?」

「さあな」

信号は、青。

ふたりを遮るものは、何もなかった。


♪。+.゜+。♪。+.゜+。♪


本日二度目の入浴に、未亜はまだ夢見心地で浸っている。

――あれは、夢じゃないんだよね。

小一時間ほど前。

明朝の牛乳がないことに気づいて、スーパーまでひとりで買いに出た。今夜は竜児の帰りが遅いと知っていたから、できることなら彼が帰るより早く戻ってくるつもりだった。

とはいえ、きちんと書き置きも残していったのだから、未亜に落ち度はないはずで。

――まあ、SNSで連絡すればよかったっていうのはわかるんだけど……

二十時門限の未亜が、二十三時に買い物へ行くなどとメッセージを送れば、『駄目だ』と返事が来るのは火を見るよりも明らかである。

――いや、そんなことよりも!!

口の上まで湯に沈み、未亜はぶくぶくと息を吐いた。

『未亜が女にしか見えない』

竜児は、たしかにそう言った。恋愛対象として見ているとまでは言っていないけれど、恋愛対象外からは確実に脱しているという意味で。

汗だくになって未亜を捜していた竜児は、先に風呂を済ませている。なぜ未亜が二度目の入浴をしているかといえば、

『いいのか？　脱がせたあとで風呂に入りたいと言われても、さすがに許容できないと思うぞ』

という、信じられない言葉のせいだ。

つまり、彼は。

今夜、このあと、未亜の衣類を脱がせる予定があると言っている。脱がせるだけで済むだなんて、未亜とて思ってはいない。むしろ、その先までぜひとも進みたい気持ちがある。

だが、こちらから迫る分には平気でも、竜児のほうから積極的にそんなことを言われる

と、恥ずかしくてたまらない。

折しも今夜は金曜日。

竜児はもともと土日が休みで、未亜も珍しく土曜休みの前夜だ。

端的に言って、そういうことをするのにもっとも適している。早寝の竜児が、まだ起きていればの話だが。

隅々まで体を洗い、急いで髪を乾かして、もしかしたら彼は寝ているかもしれないと思いつつバスルームを出ると、竜児はパジャマ姿でキッチンに立っていた。

「……上がったよ」

「そうか」

こんなときになぜ、と思わなくもないが、彼はゆで卵を作っているらしい。

「朝食の下準備？」

カウンター越しに覗き込むと、すでにサラダも準備が終わっている。さすがにこの時間から食べるとは考えにくいので、竜児は明日の朝食を準備しているのだろう。

「ああ。待っている間が惜しくて、明日の朝、未亜が朝食のしたくをしなくて済むように」

クッキングヒーターから鍋を下ろし、卵を冷水に浸すと、竜児はサラダにラップをして冷蔵庫にしまった。

「そんなの、別にわたしが明日やるよ」

「もったいないだろう?」

いったい何がもったいないというのか。未亜が首を傾げると、竜児が低い声で笑う。

「明日の朝、未亜がキッチンに立つ時間すら惜しいと言っているんだ。その分、俺といる時間が減る」

「な……っ⁉」

――どうしよう。竜児が壊れた!

これまで、そんな甘いことを言う竜児を見たことがない。特に近年は、いつも気難しい顔をして、笑うことも少なくなっていたのに、いったい何が彼を変えたのか。

「……竜児、熱でもあるの?」

「は?」

心外だと言わんばかりに、彼はいつもの鋭い目つきでこちらを睨《ね》めつける。そこで「あ、いつもの竜児だ」と安心している自分も、少しどうかしている気がした。

「髪はちゃんと乾かしたのか?」

「短くなってから、ドライヤーがラクでいいよ」

キッチンから出てきた竜児が、未亜をじっと凝視する。

沈黙の数秒間が、やけに長く感じた。

「そんなに緊張するなよ」

ハスキーな声が、今夜はひどく甘い。

「寝室、行くか」

「……うん」

歩き出した足が、地についていない感覚。フローリングから五センチほど、体が浮いているのではないかと思うのは、つまり浮足立っているということなのかもしれない。

三階へ上がると、竜児が自分の寝室のドアを開けた。

「お……お邪魔します……」

ダブルサイズのベッドに、夜の海を思わせるダークブルーのリネン。マットレスに腰を下ろすと、なんとなく竜児の香りがする気がした。

「未亜」

隣に座った竜児が、右頰に親指の腹で触れる。残りの四本の指は、耳の下に添えられた。

「怖かったり痛かったりしたら、ちゃんと言え。俺は一応、おまえより大人だ。多少の自制心はある」

「〜〜〜っっ、ムードがないけど!」

「それはこれからだろ」

頰を撫でられただけで、腰の奥に甘い疼きが走る。ホテルの客室で触れられたときとは違うのだと、その指先から伝わってきた。

ほかの誰かに抱かれてもいいのかと迫った自分に、お仕置きするように快楽を教え込んだあの夜。

——竜児も、ほんとうは続きをしたいって思っていてくれた。

ゆっくりと、ふたりの距離が近づいて。

竜児の唇がひたいに落ちてくる。前髪の生え際に、こめかみに、それからまぶたに移動して、唇の端をついばんだ。

「ん……」

焦れったいキスに、情動が煽られる。

この男がほしい。

ずっと欲していた相手が、自分に触れているのだ。否が応でも心は高ぶる。

「竜児……」

「唇は、まだだ」

望むものを知っていながら、彼はあえてキスを避けた。まだというからには、のちに与えてもらえる。それを信じて、未亜はおとなしく目を閉じた。

すると、鎖骨のあたりに吐息を感じる。竜児が体をかがめて、未亜の胸元に鼻先を押し当ててきた。

「んっ……、何……」

かり、と小さく音がする。

目を開ければ、竜児は手を使わずにパジャマのボタンを歯ではずそうとしていた。

「動くなよ。全部、俺が脱がせてやるから」

手ではずしたほうが早いのに、なぜ。

最初はそう思ったが、竜児の行動にはきちんと意味があるとわかってくる。上から順番にはずされていくボタンは、二番目、三番目で胸の中心を通る。夜用のスポーツタイプのブラジャーをつけてはいるものの、吐息が布越しに肌をくすぐると熱が上がる気がした。

さらに、一番下のボタンにいたっては、ほぼ鼠径部《そけいぶ》である。

「そっ……そこは駄目！」

抗おうとした未亜を、竜児が軽く制した。そのまま、背中がベッドに押しつけられる。

「言っただろう。俺が脱がせてやる」

秘めた部分に近い箇所を、竜児の唇が這う。白い歯がボタンを嚙んで、ボタンホールを器用にくぐらせる間、未亜は必死に息を殺していた。

それは、脱がせていると言いながら、なかば愛撫にも似た行為で。

やっとパジャマの上着を脱がせてもらったときには、未亜の体はいたるところが敏感になっていた。

未亜を脱がせた竜児は、もどかしそうに自分のパジャマを脱ぎ捨てる。上半身をあらわにした彼が、未亜の太腿を跨いだ。

「これは……まだつけたままでもいいな」

ホックもワイヤーもない、色気とほど遠い夜用ブラジャーに、竜児が艶冶《えんや》な笑みを浮かべる。

「え、でも」

「こうして」

膨らみの裾野から、ぐいとゴムの締めつけがずらされた。乳房の上まで押し上げられると、ただ裸体をさらすより淫靡な形に双丘がまろび出る。

「っっ……、や、やだ、ちゃんと脱がせて」

「これでいいんだよ。いやらしくてかわいい」

すでに先端が輪郭を成してきているのを、竜児が唇であやした。軽くかすめる程度の刺激に、びくっと腰が浮くのを止められない。

「ぁ、あ……っ」

「未亜の体はどこもかしこも敏感で、開発のしがいがある」

かすれた声が、肌の上を撫でる。吐息ひとつにさえ、未亜の体は竜児を感じて反応するのだ。

「今夜は前ほど焦らすつもりはないから、安心しろよ」

つ、と指先が胸の頂に触れた。ピリピリと、せつなさが全身に巡っていく。

「竜児、竜児……っ」

子ども扱いを拒んでおきながら、こんなときに未亜は子どものように首を横に振ってしまう。だが、彼はそれを笑いはしなかった。

「感じて頭を揺らすたび、毛先が跳ねる髪の短さもいいもんだな」

「そんなこと、知らない……っ」

「だったら教えてやる」

左胸に、竜児が軽く歯を立てる。

「ひ……っ……あ、あっ」

「なんだって、俺が教えてやるよ。だから、冗談でもほかの男に抱かれるなんて、二度と言うな」

もう返事をする余裕すらなくなり、未亜は必死に首肯《しゅこう》した。それに満足したのか、竜児が乳暈ごと先端を口に含む。ねっとりと濡れた粘膜で愛でられて、吸われる部分がいっそう屹立するのがわかった。

あの夜とは、違う。

竜児は、未亜の脚の間に腰を押しつけてくる。すると、そこに彼の昂《たかぶ》りが強く感じられた。下着越しにもわかるほど、竜児の劣情は漲《みなぎ》っている。

——すごく、大きい……？

指一本でもつらかったのに、こんなに大きなものが入るのだろうか。未亜は、わずかに体をベッドの上部へ逃がした。

「逃げるなよ」

けれど、それさえも許さないとばかりに竜児が追いかけてくる。いつもより乳首がみだらに色を濃くして、彼の愛撫を待ちかねていた。

「に、逃げてなんか……っ」

「未亜が逃げようとしたところで、もう逃がさないがな」

両脚をぐいと持ち上げられる。反射的に膝に力を入れたが、そんなものお構いなしに竜児が未亜の脚を左右に大きく割った。

「〜〜〜っっ」

含羞に、頬どころか耳まで熱くなる。それを見下ろしてから、彼が鼠径部に顔を近づけた。

「りゅ……竜児……？」

「指だけでも、だいぶ痛かっただろ。もっとほぐしてやらないとつらい」

下着越しに、亀裂の始まりにキスが落とされる。しっとりとした唇の感触に、未亜は体を強張《こわば》らせた。

——そんなところに、キスしないで……！

だが、抗う暇さえなく竜児の両手が左右の乳房を弄《もてあそ》ぶ。先端を指で弾いては、根元からコリコリと捏ねられて、腰が跳ねた。

「あ、あっ……！」

跳ね上がったところを狙いすましたように、竜児が下着の上から柔肉の間《あわい》を縦に舐める。

「駄目ぇ……！」

「駄目？　どこが駄目なんだ？」

脚を開かれたせいで、普段はぴったりと閉じ合わせている部分がわずかに隙間を作っている。それを舌先で押し広げるようにして、竜児が何度も何度も執拗に舐る。

「あ、あ、ああ……っ」

すでに下着はぐっしょりと濡れていた。恥ずかしさも忘れて腰を揺らすと、その動きさえも利用して、彼は未亜の柔肉に下着ごと舌を押し込んでくる。

「形がわかるくらいに濡れてる。未亜、ここが駄目なのか？」

ぷっくり膨らんだ花芽を、竜児が布ごと唇で食《は》むのがわかった。同時に、左右の乳首を軽く引っ張られて、ガクガクと全身が震える。

「嫌になるほどかわいいな。布越しじゃ、物足りない」

「ん……あ、あぅ……っ」

臀部から、くるりと下着が剝がされる。熟した果実の皮を剝くように、竜児はたやすく秘所をあらわにした。

「ああ、こんなに濡らして待っていてくれたのか。未亜、いい子だな。ご褒美をやるよ」

「え……？　あ、あっ!!」

ぬちゅ、と体の中心から音がする。

何をされたか考えるよりも先に、腰が揺れた。

「いやぁ……っ！　待って、お願い、お願いっ」

甘い声は、拒絶の言葉を紡いでいてもねだっているようにしか聞こえない。こんなはしたない声が、自分の口から出ていることが信じられなくなる。

竜児の舌が、蜜口に埋まっていた。

指よりもやわらかく、弾力性のある舌先で内部をえぐられても、あまり痛いとは感じない。ただ、異物感だけが腰から脳天へと突き抜けていく。

「竜児、竜児、駄目……！　気持ちよくなっちゃう……っ」

夜色のシーツに爪を立て、未亜は嬌声をあげた。浅い呼吸が自分の耳にも聞こえてきて、いっそう心を煽っていく。

「気持ちよくなるなら、駄目じゃないだろ。もっと感じろよ」

「だって……！」

生き物のようにうねる舌先が、未亜の隘路をぬちゅぬちゅと蠢く。それに応えるように蜜口がすぼまるたび、竜児は胸をあやすことも忘れない。

敏感な場所を何箇所も同時に弄《いじ》られて、未亜は白い喉をクッとのけぞらせた。

——こんなの、知らない。

竜児に抱かれたい、愛されたい。

そう願ってはいたけれど、自分の体がこれほどまでに反応するとは思いもよらなかったのだ。噂に聞く初体験は、痛みを必死にこらえるものだったはず。前回、ホテルの客室で蜜口に指を突き立てられたとき、実際に未亜は痛みに涙ぐんだ。

——それなのに、どうして？　こんなに感じちゃうなんて、わたしの体はどこかおかしいの？

「感じるのは、恥ずかしいことじゃない。俺は、おまえの感じている顔を見たくてしているんだからな」

「んっ……」

「もっと、俺の名前を呼べよ。感じている声も、泣きそうになったときの声も、全部俺の名前で聞かせてくれ」

「りゅう、じ……っ」

さんざん煽られて、初心者の未亜はすでに限界だった。体中、どこをとっても肌がピリピリするほど感じている。それなのに、まだ先まで快楽を進めようと、竜児の舌と指が淫靡に躍る。

「竜児、竜児……っ、大好き……」

「ああ、いいな。たまらない」

元よりハスキーな声が、さらにかすれていく。それこそが、竜児の興奮を表している気がして、未亜もまた情欲に濡れる。

「……っは、そろそろ俺もよくなっていいか?」

トロトロに蕩けた部分に、竜児が熱いものをあてがった。それが、彼の劣情だとすぐにわかる。

「そ、そのまま、入れるの……?」

考えてみれば、自分は竜児を好きだと言っているが、竜児は同じ言葉を返してくれない。彼にとって、これがただの性的な愉楽でしかないのなら、避妊について考慮してくれない可能性も――

――ううん、そんなわけない。竜児は、そんな無責任な男じゃないって知ってる。

「気が早い。まあ、俺も挿《い》れたい気持ちはあるが、もっとゆっくりでもいいんじゃないか」

「ゆっくり、って?」

「今夜は、こうして――」

にちゅ、と聞き覚えのない音が鼓膜を震わせた。何が起こっているのかわからない。けれど、亀裂に竜児の脈動を感じる。

「う、嘘……っ」

「何が嘘だ？　挿れてないぞ」

間《あわい》に劣情を挟み込み、竜児が未亜の両膝を合わせて抱きしめた。

「だ、だって、ヘンだよ、こんな……」

戸惑いに声を震わせると、竜児がふっと笑った。

「怖がらなくていい。今夜は、気持ちいいことだけ教えてやる」

彼は、未亜のすねに軽く唇を押し当てると、ゆっくりと腰を前後に揺らす。濡れに濡れた秘所が、こすられるだけでみだらな蜜音を立てた。

「んぅ……っ！」

「こうしてこするだけでも、俺はおまえを感じるよ」

思っていたよりずっと大きなものが、未亜の脚の間を前後に往復する。そのたび、深くくびれた亀頭の付け根が、花芽をこすり立てていくのだ。

「あぁ、あ、竜児、これ、ヘンになる……っ」

「イイって言えよ。未亜、気持ちいいか？」

「気持ちぃ……っ、あ、あっ」

次第に加速する動きと、左右にずらしながら未亜が感じる場所を探る竜児に、未亜は涙目で懇願した。

「お願い、これ、駄目なの、おかしくなっちゃうの」

「ずいぶんかわいいことを言うんだな」

「竜児、竜児ぃ……っ」

せつなくて。

どうしようもないほどに、彼が恋しくて。

未亜は、両腕を広げて彼を求める。

「まったく、俺はおまえにだけはどうしようもなく甘いって知ってるか?」

片眉を下げ、竜児が未亜の脚を抱いていた腕をほどいた。引き締まった胸筋が、乳房を押しつぶす。上半身をすっぽりと抱きすくめられ、未亜は彼の背中に回した手でしがみついた。

「よしよし、初めてのことは怖いだろ。未亜、口開けろ」

「う……」

「いい子だ。そのまま、目を閉じて」

言われるとおり、薄く口を開けて目を閉じる。すると、歯列の間にぬるりと竜児の舌が入り込んできた。

「んっ……」

「キスしながら、イクところを見せてくれ」

絡み合う舌が、下半身同様に甘くみだらな音を奏でる。

「未亜」

名前を呼ばれるだけで、胸が痛くて死んでしまうのではないかと思った。

「おまえの声、最高にクる。もっと聞かせてごらん」

「竜児……っ、気持ちよくて、おかしくなるの……っ」

「ああ、そうだ。もっとおかしくなれよ」

吐息さえも飲み込まれ、いつしか自分から腰を揺らして、未亜は快楽を受け入れる。

ときに角度を変え、ときに速度を変え、竜児が未亜の体に悦びを教え込んでいく。

「っっ……、もぉ、駄目……っ」

こすれる花芽が、ビクビクと痙攣している気がした。張り詰めた快楽の糸が、その一点に集中していく。

「ここか?」

「あぁっ……!」

もっとも感じやすい場所を重点的に刺激されて、未亜はあられもない声をあげた。

「やぁ……っ、気持ちいい、いいの、竜児、気持ちいいぃ……っ」

「ほら、キスを忘れてるぞ。ん……」

首筋が粟立つ。これまでの人生で、感じたことのない逸楽を貪り、未亜はぎゅっと竜児にしがみついた。

「っっ……ぁ、あっ、イク、イッちゃう……！」

「っ……は、イケよ。このまま――」

果ては、唐突に訪れる。

収束した快感が、激しく弾けた。

「あ、あ、あぁ……っ！」

シーツをかきむしるようにつま先が丸まって、未亜は腰を跳ね上げる。まぶたの裏側に、いくつも白い光が浮かんでは爆《は》ぜていく。

「好き……、竜児……」

閉じた眦《まなじり》から、透明な涙がひとすじこぼれた。

未亜の意識が、白い光の中に吸い込まれる。細い腕が、くたりとシーツに落ちた。

「……くそ、なんでこんなにかわいいんだ」

そんな声が聞こえた気がしたけれど、それは現実なのか。あるいは、夢の中で聞いた声なのか。未亜には、もうわからなかった――

♪。+.ﾟ+。♪。+.ﾟ+。♪


愛された翌朝は、顔を合わせるのが恥ずかしい。気まずいのではなく、昨晩の痴態を彼だけが知っていると思うと、ただひたすらに羞恥心が沸きあがる。

目を覚ますと、こちらを見つめている竜児と目が合った。

「お……はよう」

「なんだ、もう起きるのか？　今日は休みだろ」

最後までしたわけではなくとも、彼の与える快楽で達してしまった。それを思い出して、ついなんでもない顔をしなければと――

「休みだからって、いつまでもベッドにいるのはよくない」

自分でも、かわいげのない返事をしたと後悔する。だが、口に出した言葉は取り返しがつかない。

「そのとおりだ。さっきから、未亜の腹がぐうぐう鳴って食事を求めてるからな」

「っっ……そ、そんなことないよ。別にお腹なんて減ってな――」

まったく困ったもので、言い終えるより先にお腹がぐうと鳴る。

「な？」

　つい先日まで、胃痛に苦しんでいたのが嘘のように、今朝は空腹を覚えた。できることなら、こういうときこそ胃も少し活動を控えてほしい。

「〜〜〜っ、竜児が悪い！」

「なんで俺が悪いことになるんだ」

　無論、ただの言いがかりである。

　――どうして、そんな平気でいられるんだろう。

　自分ばかりが恥ずかしがっている気がして、竜児の裸の胸に顔を埋める。

「おい、俺は食べものじゃないぞ」

「知ってる」

「だったら、なぜ噛みつこうとする？」

「照れ隠しかな」

「……ずいぶん豪快な照れ隠しだな、それは」

　形良く張った胸筋に妙な愛しさを感じて、軽く歯を立ててみた。

「痕をつけたいなら、つけてもいい」

「え？」

　どういう意味だろう。未亜は、顔を上げて竜児を見つめる。

「俺がおまえのものだって、マーキングしておけよ。そうしたら安心だろ？」

枕の上に肘をつき、横向きに頭を支えた格好で、彼はにやりと口角を上げた。

「もっと強く噛む?」

口を開けた未亜に、「待て待て待て」と、竜児がいささか慌てて声を張る。痕をつけていいと言ったのに、違ったらしい。

「仕方がない。見本を見せてやるよ」

そう言って。

毛布にもぐり込んだ竜児は、未亜の左胸の膨らみに顔を寄せた。

「やっ……! あ、朝から何を!」

「見本だろ」

だが、考えてみれば未亜も同じことを彼にしたのだ。胸元に顔を押しつけて、さらに歯を立てた。

——そんなところを噛まれたら、きっと痛い。

想像に反して、竜児は歯を立てたりはしなかった。膨らみの上部に唇をあてがい、やんわりと吸いつく。

「……ん、なんか、くすぐったいよ」

「動くな」

敏感な部分にキスされているわけでもないのに、昨晩の熾火《おきび》が腰にくすぶっていた。そこに新たな燃料を与えられ、未亜は声を殺すために自分の手の甲を噛む。

「おまえは色が白いから、すぐ痕がつく。それに――」

毛布から顔を出し、未亜を見上げた竜児が目を細めた。

「反応しやすい体だ」

彼の長い指が、つんと立ち上がりかけた先端を弾く。声を我慢していなかったら、嬌声を漏らしてしまっただろう。

ぷはっと息を吐いて、手の甲を口から離す。歯型のついた白い肌を、竜児が「何してるんだよ、まったく」と指でさすってくれた。

「りゅ、竜児が朝からいやらしいことをするせいだよ」

「ほう？　いやらしいこと、ねえ」

悪巧みするように片目だけ細めて。

竜児が未亜の体を引き寄せた。

「わっ!?　な、何を……」

「マーキングだけじゃ足りないいやらしいから、もっとお望みのいやらしいことをしてやろうかと思ってな」

「違う、そんな、わたしは――」

肩口にキスが落とされる。上腕へと移動した唇が、やわらかな肌を甘噛みしては舌先でなぞる。

たった一日で、世界が変わった。

そのことを未亜に教え込むように、竜児のマーキング――もとい、キスの散布は念入りに一時間も続いた。


♪。.+.o.+。♪。.+.o.+。♪


五月も中旬に差しかかると、陽光は気の早い初夏を感じさせる。実際には、梅雨を間に挟むのだが、『ファルドゥム』のある古いビルではエアコンが必須だ。

夏は暑く、冬は寒い。

カフェスペースで店長の淹れたコーヒーを運ぶ未亜は、常連客に声をかけられた。

「ねえ」

短い呼びかけに、「はい」と二文字で応じる。グレーヘアの印象的な男性は、週二、三回は来店してくれる顔なじみだ。

「最近、変わったね」

唐突にそう言われて、未亜は彼のテーブルに置いたばかりのコーヒーを凝視する。コーヒー豆の仕入先を変えたという話は聞いたことがない。ならば、桐子はドリップの仕方を変更したのだろうか。

そんなことを考えていると。

「コーヒーの話じゃないよ。店員さんの話」

彼は、顎をくいと上げて未亜を指してくる。

「そうですか？」

さほど愛想がいいわけでもなく、かといってツンケンしていると言われるほどでもない、仕事中の自分。

未亜は、常連客の言葉に得心が行かず、不思議な気持ちでカウンターにトレイを戻した。

すると、カウンターの内側でエスプレッソを淹れていた桐子が、黙って未亜を手招きする。

「芹野さん、たしかに変わったよ」

同じことを別人から重ねて言われ、なんだか妙に心の据わりが悪い。変化を求めたのは、竜児との関係に関して。ほかは、今までどおりのはずだった。

「……それは、どういう意味で変わったんでしょうか」

「表情が明るくなった」

小さな専用カップに、直火式エスプレッソメーカーから濃い液体を注いで、ソーサーにのせて「四番」と告げると、桐子は背を向ける。話は終わったということか。

片付けたばかりのトレイに、エスプレッソカップをのせて、未亜は四番テーブルへ向かった。

——表情が、明るくなった？

再度カウンターへ戻ると、アルバイトの二階堂が休憩から戻ったところだった。

「芹野さん、休憩どうぞ」

「はい、ありがとうございます」

——以前はあまり明るくなかった……というのは、まあ自覚してるからいいんだけど、逆に最近、明るく振る舞っているつもりもないのにどうしてだろう。

頭の中で、常連客と桐子の言葉が、ぐるぐると追いかけっこをしている。暗くなったと言われるよりはいいのかもしれないと思う反面、初めて竜児から女性として見てもらえているという幸せが、おかしな具合ににじみ出ているのかもしれないという懸念もあって。

「芹野さん！」

バックヤードへ向かう未亜の腕を、うしろから二階堂が慌てた様子でつかむ。

「なんですか？」

「いや、それ、持っていかなくていいよ」

指さされたのは、小脇に抱えた丸いトレイ。思わず、なぜこんなものを持ってバックヤードへ行こうとしたのか、自分でも目を丸くした。

「はい、ちょうだい」

「あ、すみません」

トレイを渡すと、二階堂が嬉しそうに微笑んだ。

「こういうの、いいね」

「……?」

小首を傾げる未亜に、彼はいっそう笑みを深くする。

「なんか、芹野さんのそういう天然ぽいところって、あまり見る機会がないから……かわいいなって思って」

「……以後、気をつけます」

かわいげのない返事だと知っているものの、誤解を与えるよりはマシなはず。未亜は、軽く頭を下げてからそそくさとバックヤードに向かった。


店外でランチを終えて戻ると、店の裏口で店長の桐子が電子タバコを吸っているのに遭遇した。VAPE《ベイプ》と呼ばれる、ニコチンやタールの含まれないものらしい。

「お疲れさまです」

数年前まで竜児が喫煙者だったため、未亜はそれほどタバコに対して嫌悪感がなかった。しかしそれは、竜児が未亜と同じ室内では決してタバコを吸わないという徹底ぶりのおかげだったのかもしれない。

「お疲れさま。ランチ戻り？」

煙状の水蒸気をふうー、と長く吐いて、桐子が尋ねてくる。

「はい」

「そういえば、先日のマンションの件なんだけど、ちょうど二階堂くんが借りたいって話だったの」

すっかり返事を忘れていたが、ひとり暮らしを考えたこともあった。格安マンションを借りられるチャンスだったけれど、今の未亜は竜児の家を出る理由がない。

「住人、決まってよかったです」

「ありがとう。でも、先に芹野さんに声をかけていたから、何も言わないのも悪いかなと思ってね」

「いえ、お気になさらず」

むしろ、好条件を提示してもらっていながら、返事を濁していたのは自分のほうだ。

「それじゃ、戻ります」

軽く会釈をして、裏口からビルに入る。ロッカーに財布をしまい、エプロンをつけたら午後の仕事だ。

「……やっぱり変わったわ。女の子は一気に化ける」

自身の頬を軽く撫でて、桐子は感嘆にも似た息を吐く。

残された店長のつぶやきは、未亜の耳には届いていなかった。


♪。+.○.+。♪。+.○.+。♪


水曜日は、朝から雨が降っていた。

月に一度の定休日で、未亜のバイトは休みだ。せっかくなら、と朝から気合いを入れて朝食を作る。竜児が以前においしいと言っていた、エッグベネディクト。オランデーズソースは手作りだ。カットしたイングリッシュマフィンにアボカド、トマト、カリカリに焼いたベーコン、そこにポーチドエッグをのせて、ほんのりレモンのきいたオランデーズソースをかける。

「おお……！」

我ながら会心の出来栄えに、未亜は目を瞠った。

中学生のころから朝食は未亜の担当だ。朝が苦手な竜児に、少しでもゆっくり休んでほしくて、自分から言い出した日のことを覚えている。

竜児は、少しだけ驚いて。

けれど、どこか眩しげに目を細めて。

うけど。

——あれはどうせ、「あー、こいつも成長してるんだなあ」みたいに思っていたんだろ

もちろん、成長したからこそ料理ができるようになったわけだが、未亜側の意図はそれだけではない。竜児に恋する中学生にとって、それは自主的な花嫁修業の一環だったのである。

「なんだ、朝からずいぶん豪華だな」

三階から、パジャマ姿で階段を下りてきた竜児が、ダイニングテーブルを見て大きく欠伸をひとつ。

「おはよう、竜児。いつもより早いね」

「ああ。今日は朝イチの商談がある」

「悪い取り引き?」

「……あのな、未亜。何度も言うが、」

耳にタコができるほど聞いた言葉だ。「あのな」の時点で、彼が言おうとしていることはわかった。

未亜は、竜児がお決まりのセリフを言うタイミングをはかる。

「俺はヤクザじゃない」

「ってことにしておく」

間髪を容れず、そう言って。

にっこりと笑った未亜に、竜児が頭を抱えた。

「〜〜〜っっ……！」

正直なところ、彼が反社会的勢力に属していようと、そうではなかろうと、未亜にとってはどうでもいいことだ。

誰にうしろ指を指されようと、この男を好きだという気持ちに変わりはない。両親が健在だったなら、親不孝に心を痛めることもあったのだろうか。

「朝から商談ってことは、鴫原さんも早く迎えに来るの？」

毎朝、竜児を自宅まで迎えに来るのは会社で雇っている運転手だが、助手席には眼鏡を光らせたインテリヤクザ風の鴫原が同乗している。

「まあ、そうだろうな」

「じゃあ、はい、これ持っていってね」

朝食を準備する前に、お昼用のサンドイッチを多めに作っておいた。飽きないように具の種類を増やしたところ、必然的にサンドイッチの量も増えてしまったので、ほかの人と食べてもらうのがいい。

「なんだ、これは」

中身の見えない紙製のランチボックスのため、竜児は神妙な顔をする。

「サンドイッチ」

昨晩のクラムチャウダーを温めていると、「は?」とドスのきいた低い声。

顔を上げた未亜に、カウンター越しの竜児が鋭い眼光を飛ばす。

――うわあ、ヤクザ映画よりリアル……

しかし、未亜も慣れたもの。

竜児が多少睨めつけてくるくらいで、いちいち怯えはしなかった。

「おまえ、これを鴫原に食わせるつもりか?」

「おすそ分けしてあげればいいじゃない」

どうやら彼は、サンドイッチを鴫原のためだけに作ったものと誤解していたらしい。

――そんなことだろうと思ったけど。

ふたりの関係が親密になる以前から、竜児の過保護っぷりには定評があった。未亜が異性と必要以上にかかわることを良しとせず、鴫原に対しても警戒を怠らない。

彼の作ったバリケードの内側で、未亜は竜児の背中しか見ていなかったことを、当の本人が知らなかったのだからおかしな話だ。

「おすそ分けか。なるほどな」

「それより、顔洗ってきて。もうクラムチャウダーよそうから」

「ああ、ありがとう」

うっすらと髭の伸びた寝起きの竜児が、無防備に微笑む。睨みつけられたところで何も思わない未亜だが、これには心臓を締めつけられた。

「……はあ、心臓に悪い」

彼が洗面所に行ったのを確認してから、エプロンの胸元を左手で押さえる。

冷蔵庫からサラダを出し、洗っておいたミニトマトとパセリをエッグベネディクトに添えて。

湯気の立つクラムチャウダーと、木製のスプーン。レンジで砂糖入りの牛乳を温めたら、電動ホイッパーで泡立てて、コーヒーの上に泡の部分をすくい入れる自家製カプチーノ。

竜児が戻ってきたときには、ちょうど朝食のテーブルが整っていた。

雨音に耳を傾けながら食べるふたりきりの朝食は、いつもと同じなのに毎日少しずつ違っている。メニューが違うのはもちろんだが、同じ一日は決してないことをふたりがそれぞれ知っているのだ。

だが。

それだけではなく、今日の未亜には気合いが入っていた。

「ねえ、竜児」

「ん?」

大きな口で、エッグベネディクトの最後のひと口を頬張ると、彼が指についた卵の黄身を舐め取る。

「今日は帰り、何時ごろになるの？」

「いつもどおりだ」

「そっか。じゃあ、お夕飯もわたしが作るね」

「どうした？　何か買ってほしいものでもあるのか？」

「……わたしって、そういうイメージなんだ」

パパ活ではあるまいし、まして小さな子どもが家のお手伝いをするのでもなしに、なぜ「買ってほしいものでもあるのか？」とつながるのやら。

──でも、それも今夜でおしまいだ！

未亜は、気を取り直してカプチーノを飲む。

少しずつ、ふたりの関係は変化しているけれど、最後の一線を越えていない。その絶妙な境界線を、今夜こそ踏み越えるつもりで、未亜はこの水曜日を待ち望んでいた。

サービス業の未亜は、基本的に平日休み。しかも、連休はあまり望めないシフト状況である。今月の定休日と、偶然にも明日の木曜が休みで連休となったのは、今夜こそ竜児とさらなる関係を築くために違いない。

「なんだ。ほしいものがあるなら、明日買い物にでも誘うつもりだったんだが」

「えっ」

思わず、カプチーノの泡を散らしそうになる。竜児は明日も仕事だろうと思っていたのに、そうではないのだろうか。

「鴫原が、明日明後日と有給をとった関係で、俺にも休めと言い出してな」

「……竜児って、鴫原さんがいないと出社すらできないの？　だいじょうぶ？」

哀れみのまなざしを向けた未亜を、竜児が「誰がだ！」と一喝した。

「いいか、話を聞いていたか？　俺が休みたいと言ったわけではなく」

「つまり、部下に命令されている、と」

「っ、それは……」

「あ、そっか、ごめん。違うね。竜児たちの組織ではなんていうんだっけ。舎弟？」

「いいか、未亜、よく聞け。俺はヤクザじゃない」

決まりきった一連の流れは、お互いにお約束のやり取りだ。

あまりしつこくしすぎるのもどうかと、未亜はクラムチャウダーを食べる。

――そっか、明日も明後日も竜児は休みなんだ。

買い物に誘うつもりだったという言葉も嬉しいけれど、せっかくふたりでゆっくりできるのなら、やりたいことはたくさんある。

しかし、いつだって竜児としたいことは、最終的に「竜児がいてくれればそれだけでいい」に置き換わった。

未亜にとって、彼という存在が絶対で、ほかの誰にも替えられない。保護者で、家族で、好きな人。いくつもの役割を担っているのだから、当然といえば当然だ。

「おまえは、俺をヤクザ呼ばわりしているときがいちばんイキイキしているな……」

苦み半分、笑い半分。

竜児は、甘さ控えめのカプチーノを飲む。

無言でクラムチャウダーを食べきって、未亜は肩をすくめた。

夕方になって雨が上がり、未亜はルーフバルコニーに裸足で立つ。立地も構造も大満足のこの家で、唯一悩ましいのがこのルーフバルコニー。春先は、花粉や砂がよく飛んできて、雨で濡れたあとに自然乾燥すると汚れがびっちりこびりついてしまう。

なので、雨上がりにタイミングよくデッキブラシでこすってやるのが最善なのである。バケツ二杯の水も準備した。汚れても平気なように、ショートパンツと裾を絞って結んだTシャツ姿で掃除を始める。

夕飯は、いろいろ考えた結果、竜児の好きな地元のお寿司屋さんに出前を頼むことにした。すでにお店に出向いて、お金は支払ってある。竜児が引き出しに入れておいてくれる生活費ではなく、未亜のアルバイト代で払った。

彼は、どんなに断ってもお小遣いをくれる。

自分でバイトをしてまかなえると言っても、聞いてくれない。

だから、ときにはこうしてこっそりと未亜のバイト代でお寿司をご馳走することにしていた。

鼻歌まじりにデッキブラシを動かして、ときには腰を入れてぐぐっと汚れを落としていく。バイト先でも自宅でも、未亜は掃除が好きだった。目に見えてぐんぐんキレイになっていくことに楽しみを覚えるし、汚れて見えなくとも毎日繰り返すことで清潔さを保てるというのも充実感がある。

「さーて、流すよー」

誰に言うでもなく、洗い終えたルーフバルコニーにざーっと勢いよくバケツの水を流すこと二回。そこにちょうど、竜児の乗った黒塗りの送迎車がやってきた。

「おかえりー、竜児ー」

ルーフバルコニーから、未亜は右手を振る。

「……ああ、ただいま」

なぜか不機嫌そうに、彼は急ぎ足で玄関へ向かった。

――バルコニーの掃除をしていたのが気に入らない……とは思えないな。大声を出したから、近所迷惑？

だが、騒音レベルの声だったとも思えず、未亜は首を傾げながらデッキブラシとバケツを片付けに部屋に入った。

すると――

「未亜、何を考えてるんだ！」

急に、地の底から響くような低音のハスキーボイスが聞こえてくる。

「何って、竜児が帰ってきたなーって……」

「そういう意味じゃないだろうが！」

むしろ、なぜこの男は怒っているのか。未亜は、デッキブラシ片手に唇を尖らせた。

「竜児、昔言ってたよね」

「あン？」

相手は不機嫌だが、こちらも負けてはいない。今夜は竜児とイチャイチャしよう、しまくろう、しつくそう、と思っていたところを、帰宅五秒で怒鳴られたのだ。これで気分よくニコニコできたら、未亜は自分の頭を疑う。

「叱るときには、きちんと理由を理解させてから叱る。そうじゃないと意味がない。育児書にそう書いてあったんでしょ？」

「…………」

未亜の言葉に、竜児が年甲斐もなくふてくされた様子でそっぽを向いた。

「その上、偉そうにわたしにそう説明してたくせに、あれは人間の育児書じゃなくて、犬のしつけの本だったよね？」

「間違って買っただけだろうが！」

「犬扱いされて喜ぶ女がどこにいると思ってんの？」

デッキブラシを右手に構える未亜は、さながら薙刀《なぎなた》を手にした弁慶の気分で竜児を睨みつける。けれど、弁慶を騙《かた》るにはいかんせん身長が足りなすぎた。

「俺は、おまえを犬扱いなんかしていない」

ムッとした表情で、竜児がぐいと未亜を抱き上げる。

「っちょ、何するのよ！　腕力に訴えるなんて卑怯だ！」

思わず手にしたデッキブラシを手放し、未亜は竜児の肩に担がれてバタバタと両脚で宙を蹴った。カランカラン、と乾いた音を立ててブラシがフローリングに転がる。

「好きな女を犬扱いなんて、するわけがないだろ」

――え……？

今、彼はなんと言った？

未亜は、竜児のスーツの背中に逆さまになってしがみつきながら、耳を疑った。

好きな女。

彼はそう言った。間違いなく言った。言ってなくとも、未亜の耳にはそう聞こえた。

黙り込んだ未亜を、竜児は意に介さず三階へと運んでいく。

——初めて言われた。好きな女だって！　何それ、どんなタイミングでデレるの、竜児!!

両手で頬を挟み、未亜はにやけそうになる口元をぐっと指で押さえつけた。それでも、目尻が下がってしまうのは隠しようがない。

考えてみれば、好きだと言っているのは自分だけ。竜児のほうも憎からず思ってくれているだろうという推測はできても、どの程度の感情なのか判別はできなかった。

もともと、彼は過保護なところがある。

だから、未亜がほかの男性と親しくなりそうな気配を感じれば釘を刺すし、なんならその言い草は嫉妬に聞こえなくもないほどだ。

ゆっさゆっさと揺さぶられながら、階段を上って三階の竜児の寝室に到着しても、未亜はまだ「好きな女かあ……」と心の中で彼の声を反芻していた。

ゆっくりと、体がベッドの上に下ろされる。

逆さまになっていたせいで、乱れた髪を手早く直し、未亜は竜児を見上げた。

「竜児？」

「……まだ五月だ」

それは、未亜も知っている。

「それなのに、なんだその格好は。腕も脚も露出しすぎだろう。それに、腹も……」

右手でひたいを覆い、どこの古臭い頑固親父かと思うような発言をする彼に、もう反発する気持ちは湧いてこない。

「竜児は、わたしのことが好きだからほかの誰かにこの格好を見せたくなかったんだね」

「当たり前だろうが！」

今にも噛みつきそうな勢いさえ、愛しくなる。いつだって大人の顔をしていた竜児が、自分と同じ高さにいる気がして。

「……それは、どういう意味だ？」

両腕を広げた未亜に、怪訝《けげん》な顔で片目を細める彼は、二十一歳も年上の未亜の好きな人。

「ぎゅってしてほしいなと思ったから」

「あのなあ、この流れでどこをどうしたらそうなるのか言ってみろ」

「竜児が初めてわたしのことを好きって言ってくれたタイミングだけど、ハグすらしてくれないの？」

満面の笑みを浮かべて言うと、竜児がフンと鼻で笑う。

「言葉で言われないとわからないのか。これはこれは、ずいぶんと愛らしいお子さまだ」

「今さら子ども扱いしても遅いよ。わたしは竜児の好きな女なんだからね」

つきあいが長くなるほど、相手の喜怒哀楽のポイントがわかるようになる。当然の相関関係。

竜児は「かなわないな」と小さく笑って、フローリングに膝をついた。そのまま、両腕で未亜の腹部にタックルよろしく抱きついてくる。

「わ！」

さすがに驚いたけれど、いつの間にか冷えた体に竜児の体温があたたかい。

「おかえり、竜児」

もう一度。

今度は、誰にも見られない場所でひそやかにささやく。

「ただいま」

オールバックの頭を、未亜は右手でよしよしと撫でた。普段なら、背の高い竜児の頭なんて背伸びしたって撫でられない。

――これは、なかなか楽しい体勢だなあ。

うなじまで見える上に、大きな彼が体を寄せてくる姿は愛しさを感じさせる。

と、聖母のごとき穏やかな気持ちに浸るのもつかの間、

「……って、え？　っちょ、竜児!?」

急に、下腹部のあたりでもぞもぞとおかしな感触があった。

「油断しているほうが悪い」

冗談まじりの声で、竜児が顔を上げる。すると、ショートパンツのボタンがはずされ、下着が見えかけているではないか。

「あっ!?」

体勢を整えるよりも先に、竜児が軽々と未亜の腰を持ち上げた。必然、上半身がうしろに傾く。倒れた先がベッドなので、痛みはない。

ショートパンツと下着が、一気に引き下ろされる。残されたTシャツは、妙に心もとなく感じた。

「竜児、待って。お風呂かシャワーを、」

「誰が待つか。煽ったのはおまえだ。責任を取ってもらう」

責任なら、喜んで取る。ただし、そんなところをあらわにされるなら、せめてシャワーくらいは浴びさせてほしい。

そんな未亜の気持ちを見抜いているのか。竜児が、膝裏に手を入れて太腿を左右に大きく割る。

「どうした？　もう抵抗しなくていいのか？」

いつもよりかすれた声は、彼が興奮しているのを伝えてきて。

「……いいよ」

未亜は、微笑んで彼を見つめる。

「竜児がイヤじゃないなら、いつだって好きにして。だってわたしは、竜児のものだから」

恥ずかしさがないわけではなく、だからといって彼が望むものを提供しない理由もない。

未亜にとって、竜児という男はいつだって絶対なのだ。

彼さえいてくれれば、それでいい。

彼が自分をそばに置いてくれるのなら、ほかには何も望まない。

盲目的なほどに、未亜はこの男に恋い焦がれていた。

「いい覚悟だ。それでこそ、俺の女だ」

ふっと唇に笑みを乗せ、竜児が前準備もなくいきなり蜜口めがけてキスを落とす。

薄い柔肉を唇で押し広げて、舌先で二、三度あたりを探って、彼はすぐに未亜の入り口を見つけた。

「〜〜〜っっ、ん！」

びくん、と腰が浮きそうになる。

けれど、竜児はその動きさえも予期していたのか、軽くいなして蜜口にしっとりと唇を押し当てた。

「ぁ……っ……」

最後の一線は越えていないものの、指や唇、舌で愛されるのは何度目になるのかわからない。教え込まれた快楽は、キスひとつで未亜の体を甘く濡らしはじめる。

どこもかしこも引き締まった筋肉に覆われた竜児の、繊細なほどにやわらかな唇。キスする以前は知らなかったけれど、唇は老若男女問わずやわらかいものらしい。

「俺を誘う香りがしてきた」

ほとんど吐息のようなかすれ声で、竜児が舌先を蜜口に這わせる。彼の舌に導かれ、つうと媚蜜が伝った。

淫靡な吐息に誘われて、未亜がごくりと唾を飲む。それにかぶせるようにして、竜児も喉を鳴らした。

「や……っ」

何を飲まれたのかは、考えずともわかっていて。

未亜は体を起こそうとするけれど、竜児がそれを押し止める。

「飲ませろよ。これは、俺のだろう?」

蜜口に舌を挿《さ》し込んで、口全体を使う竜児がじゅるじゅると音を立てて蜜を吸い出す。

さすがに、経験値の低い未亜にそれはハードルが高い——と思ったが、これが世の当たり前の愛情表現なのだろうか。

「竜児、そんなに……吸わな……で……っ」

彼が何か返事をしているけれど、くぐもった声は聞き取れない。それどころか、口を動かされるといっそう体の深いところに響く。

「あ、あっ……!」

今夜こそ、最後まで。

そんな想いで彼の帰りを待ち望んでいた未亜に、甘くみだらに襲いかかる年上の獣《けだもの》。竜児が相手なら、どこまででも堕ちて構わない。心からそう思う。

——とはいえ!!

「お願い……っ、待って、あの、ほんとうに……っ」

あとからあとからあふれてくる蜜を、竜児が一滴残らず啜っていく。貪られるほどに体は潤い、彼の舌に愛されていっそう蜜をこぼす。

「竜児ぃ……っ……!!」

今にも達してしまいそうな未亜が、彼の髪にぐっと指を差し込んだ。

そのとき。

ピンポーン、と妙に牧歌的な風情でインターフォンの音がした。

「っっ……、待っ……」

「無視しろ」

「できな……いっ!」

「できるさ。俺だけを感じていればいい」

こんなときに、甘い言葉を吐くのは勘弁してほしい。いや、彼としては届く予定のものを知らないのだから、仕方がないのだが。

「駄目だってば、来ちゃうの……っ」

お寿司が。

「駄目じゃない。いくらでもキちまえばいい」

絶頂が？

「あっ、あ、もう、嘘ぉ……っ、駄目、駄目だから……っ」

ピンポーン、ドンドンドン。

終《しま》いには、インターフォンだけでは飽き足らず、玄関ドアを叩く音まで聞こえてきた。

「う、うう、駄目って言ったのにぃ……」

果てて、半泣きの未亜が竜児を恨めしそうに見上げる。

「どうせ宅配便か何かだろ。気にするようなものじゃ——」

「違うの！　お寿司なの！」

下半身丸出しの上、達したばかりとあっては自力で玄関まで寿司を受け取りに行くことはできそうにない。

「なんで寿司？」

「頼んでおいたの。お願いだから、受け取ってきて!!」

未亜の懇願に、竜児はまだ困惑顔で立ち上がる。セットした髪が、ひと房乱れてひたいにこぼれていた。

——ああ、もうなんて間の悪さ！

彼が玄関へ向かう足音を聞きながら、未亜はベッドの下に投げ捨てられた下着を身につけた。

♪。+.゜.+。♪。+.゜.+。♪

天井の照明を受けて、寿司桶の中でネタがツヤツヤと輝いている。出前に来た寿司屋の倅《せがれ》は、「特上三人前おまたせしましたァ」と言っていた。つまりこれは、まごうことなき特上寿司。

しかし、竜児は思いのほか悩ましい気持ちで寿司を前にしていた。

「未亜」

「ん？」

——俺は、寿司よりもおまえが食いてえんだが、おまえはそうでもないのか!?

胸中、複雑な思いを抱えた四十男は、声に出さない分だけ口の悪さが増す。未亜の前では、できるだけ言葉遣いを正しくしなければ——それは、十年以上培ってきた習慣だ。

「あっ、そうだ。三つ葉も買ってあるんだ。お吸い物作ったから、温めてくるね。竜児、先に食べて！」

さっきまで、竜児の口淫に甘くあえいでいた彼女が、今はもう何事もなかったように無邪気な笑顔を向けてくる。

「ああ、悪いな」

しかも、出前に来た寿司屋が言うには「お代はもういただいているんで」とのこと。未亜に確認すると、どうやらこれは彼女のアルバイト代で注文したらしい。

そうとなっては、「寿司よりおまえが食べたい」なんて、思っていても決して言えない言葉だ。

実際、竜児は寿司が好きだ。

若いころはステーキや焼き肉も好きだったけれど、ジムに通って体を鍛えるようになってから脂の多い肉類はあまり食べなくなった。

だが、変わらない好物こそが寿司である。しかも、馴染みの寿司屋の特上ともなれば垂涎もので。

エンガワを一貫、箸でつまんで軽く醤油をつけ、口に放り込む。

「……うまいな」

こんなときでも、寿司が美味だということがまたしても複雑だった。

「おいしい？　よかったー」

外では愛想のない未亜が、今にも蕩けそうな笑顔で汁椀を運んでくる。もし、ブックカフェとやらでこんな笑顔を見せていたら、竜児は間違いなく未亜のアルバイトを禁止するだろう。

「ああ、ありがとうな、未亜」

箸を箸置きに戻し、竜児は未亜の頭をわしゃわしゃと撫でた。

「おまえのアルバイト代で食べる寿司だなんて、もったいなくて食べられないと思ったが、こんなにおいしいものなんだな」

「もう、竜児、言いすぎ。そこまで言うと、ちょっと胡散臭いよ」

「本音だから仕方ないだろ」

蛤《はまぐり》の吸い物が、ふわりと鼻先に汐《しお》の香りを運んでくる。いつの間に、未亜はこんなに料理がうまくなったのだろうか。今朝も、ホテルの朝食のようなメニューだった。

「じゃあ、たっぷり食べてね」

自分の椀もテーブルに置くと、未亜が正面の椅子に腰を下ろす。

出会ったころの、四歳の未亜も寿司が好きだった。ただし、あのころはたまごやとびっ子、納豆巻きなど、子どもの好むネタばかり食べていたものだ。

「んーっ、おいしい！」

今では、ハマチもウニもコハダもカニ味噌も、好き嫌いなく食べるようになった。

竜児の前に座る二十一歳の未亜に、四歳の未亜がダブって見える。

『竜児、このおすし、わさび入ってる』

『はいはい、仕方ないな。ほら、とってやるからよこせ』

『はーい！』

——もう、さび抜きにする必要はないんだな。

感傷的になるのもつかの間。

竜児は「おい」と声をかけた。

「ん？」

口いっぱいにウニを頬張って、未亜が幸せそうな顔を向けてくる。

「ウニはそこまでだ。おまえ、放っておくとウニばっかり先に食べるからな」

「竜児も食べなよ。おいしいよ？」

「まったく……」

愛しくて、どうしようもない。

まっすぐな愛情を、未亜は惜しげもなく投げつけてくる。それを嬉しく思う反面、同じように投げ返せない自分を、竜児は苦々しく思っていた。

せめて、彼女を抱く前には「好きだ」のひと言を告げるつもりだったのだが、今日はなんとも微妙なタイミングで口走ってしまった。

大人の男の微妙なプライドなどつゆ知らず、未亜はイクラ軍艦をひょいと手でつまむ。

——なんとも男泣かせな女に育ったもんだよ、おまえは。

幸せと寿司を同時に噛みしめて、竜児は頬を緩めた。

♪。+.ﾟ.+。♪。+.ﾟ.+。♪


三人前の握り寿司は、ふたりでキレイに食べきって。

満腹になったふたりは、ソファでいつものようにテレビを見た。竜児はソファに座り、未亜は彼の脚の間に三角座りをする。五月ともなれば、フローリングはさほど冷たく感じない。

「竜児、この陶芸家、前見たよね」

「そうか？」

「そうだよ。再放送か、続編なのかな」

以前と同じく、陶芸家は焼き上がった器を手に取り、微に入り細に入り舐め回すように確認する。

「ほら、それで叩きつけるんだよ」

「ああ、あの陶芸家か」

「あの陶芸家にとっての作品が、竜児にとってのわたしなんだっけ？」

「……どうでもいいことを、よく覚えてるもんだな、この頭は」

大きな両手が、未亜の髪をくしゃくしゃと乱した。

「あー、もう！　やめてよ、ぐちゃぐちゃになるぅー」

「ぐちゃぐちゃにしてやってるんだよ」

幸せな時間。幸せな家。幸せすぎて、たまに泣きたくなる。

――わたしは、竜児といられてよかった。

ほんとうならば、彼には自分を引き取る理由などない。未亜と竜児に血縁関係はないし、彼はただ両親と知り合いだったというだけの他人だ。

伯母のところに引き取られるはずだった未亜を引き受け、高校を卒業したあともずっと一緒にいてくれる。

「ねえ、竜児」

「なんだ？」

未亜は、彼の脚の間でくるりと体の向きを変えた。

筋肉質な太腿に手を乗せる。すると、その上から竜児が自身の手を重ねてきた。

「わたし、わたしね……」

そして、未亜が告げた言葉は――

第四章　最初から愛して、最後まで愛して

『竜児と、ちゃんと結ばれたい』

そう言った未亜に、竜児がくれた返事は「ああ」。たった二文字。けれど、心のこもった二文字だった。

「ま、特上寿司までご馳走になっておいて、断る理由はないだろ」

冗談めかした彼に、未亜がぺしんとスネを叩く。だが、それが竜児流の照れ隠しだということがわからないほど、未亜とてもう子どもではない。

「嘘だよ。俺が抱きたいから、おまえを抱く。未亜が言い出さなくても、きっと今夜は我慢できなかった」

「……ほんとうに？」

黙って首肯した竜児が、未亜の頬に触れる。

彼は、多くを語るタイプではない。年々、口数は減っている。大きな手は、その分雄弁に情の深さを感じさせた。

「竜児、好き」

彼の手に、自分から頬を擦り寄せる。

「なんだか、子猫みたいだな」

「そう?」

「名前も、未亜だろ」

ミア、と音で聞くと、たしかに未亜の名は猫の鳴き声を思わせた。

「……もっかい」

手のひらに唇をつけて、ねだる。

「ん?」

「もう一回、名前を呼んで?」

これまで、何百、何千回と呼ばれた自分の名前が、特別な音になる。竜児の声で呼ばれるだけで、心の奥にじわりと染み込む気がした。

「——未亜」

背筋に、ぞくぞくするほど甘い予感が駆け巡る。

——ああ、これだ。

未亜は目を閉じて、彼の声に耳を傾けた。全神経を、竜児の声だけに集中させる。

「未亜」

そこで、竜児が小さく息を吸うのがわかった。彼が上半身をかがめて未亜の耳元に口を寄せる。

「未亜、愛してるよ」

大好きな竜児の、大好きなハスキーボイス。途中で空気が漏れているのではないかと思うほど、彼の声はいつもかすれている。

「わたしも、竜児のことを愛してる。自分より大事な人なんて、竜児しかいないよ」

「それはなんとも複雑だな。俺としては、自分よりおまえのほうが大事だ」

「じゃあ、お互いさまってことでいいんじゃない？」

目を開けて。

未亜は、竜児に笑いかけた。

「そういうことにしておいてやる」

わざと気難しそうに眉根を寄せて、けれど目尻は下がったまま、竜児が言う。

「風呂、入るか？」

静かな問いかけが、これから始まる夜の準備だと未亜にもすぐわかった。何も言わずにうなずくと、彼はさっと立ち上がり、キッチンへ向かう。聞き慣れた合成音声が、バスタブにお湯を張ることを告げた。

「パジャマは――いらないな」

そこで、予想外の言葉が聞こえてくる。思わず目を瞠ると、竜児がキッチンからカウンター越しに甘い笑みを見せた。

「どうせ脱ぐんだから、着る必要ないだろ？」

部屋の空気が、ふたりだけにわかる親密さを増す。


「……なんか、ヘンな感じだね」

ぴちょん、と小さく水音がして、未亜の声が響いた。

「そうか？　俺にすれば、懐かしい感じだ」

洞窟の奥深くで聞くような互いの声は、ここがバスルームだからだ。

広いバスタブに、竜児とふたりで身を預けている。彼の胸に背をつけて、未亜は顔だけを上に向けた。

「昔、こんなふうにお風呂に入ったこと、あった？」

「ああ、何度か」

「へえ、竜児ってけっこうロリコンだったんだね」

「……おまえなあ」

バスタブのふちに両腕をかけていた竜児は、そのままぎゅっと未亜を抱きしめる。華奢な肩は、すっぽりと竜児に包まれてしまった。

「冗談、冗談だってば」

「うるさい。お仕置きだ」

未亜を抱きしめたまま、竜児が首筋に唇をあてがう。乳白色の入浴剤で、互いの体ははっきり見えない。けれど、触れる唇の感触だけがリアルで。

「ん……、気持ちいい……」

「俺もだ」

胸元で、竜児の手がひそやかに蠢く。湯から盛り上がる乳房を、大きな手が包み込んだ。

「やわらかいな」

壊れ物に触れるように、彼の手は優しい。未亜のことを慈しんでくれているのが、いつだって伝わってくる。

「もっと……」

自分から体勢を変えて、未亜は竜児と向き合う。すると、膝立ちになった太腿に硬く熱《いき》り立つものが触れた。

「もっと、どうしてほしい？」

濡れた前髪が、ひたいに張り付いている。オールバックにしているときとも、十七年前の金髪とも違う、今の竜児の素顔。

「キスしてほしい」

「奇遇だな。俺もおまえにキスしたくて仕方がなかった」

どちらからともなく、唇を重ね合わせる。彼の逞しい胸に、未亜のやわらかな双丘が押しつぶされた。

——これ、さわったらどうなるのかな。

太腿に触れる昂りを、好奇心のままに指で撫でてみる。すると、竜児がびくっと肩を揺らした。

「……ずいぶん積極的な処女だ」

「竜児の教えがいいから」

「詭弁《きべん》ばかり覚えやがって」

笑う彼に、自分からキスをして。

未亜は、竜児の劣情を指でぎゅっと握ってみる。太く熱いそれは、手の中で脈を打っている。

「ねえ、竜児」

ゆっくりと手を上下させながら、未亜は愛しい男の顎先に唇を寄せた。

「わたしね、子どものころからずっと竜児のことが好きだったの」

「……ああ」

「竜児は？」

往復する手に、彼の雄槍が時折びくんと跳ねる。それが愛しくて、未亜は手の動きを速めた。

「さて、いつからだろうな」

「ちゃんと教えてほしい」

「……とは言われても、気づいたらおまえをほかの男にやりたくないと思っていたからな。具体的にいつっていうのはわからん」

過保護で、保護者の顔ばかりして、未亜を子ども扱いしていた竜児が、「ほかの男にやりたくないと思っていた」だなんて——

「じゃあ、ずっと好きでいてくれたの？」

「まあ、そういうことになるんじゃないか？」

「曖昧！」

頬を膨らませると、それを指先でつつかれる。

「多少、秘密があったほうがいいんだよ」

「そっちこそ詭弁だよ。でも、それも好きだから許します」

ちゅっと音を立てて頬にキスをし、未亜は竜児の肩にもたれかかった。

「竜児のこれ、すごいね」

「……いや、普通だろ」

「そうなの？　みんな、こんなに大きいの？」

未亜の手が小さいのもあるのだが、どう握り直しても親指と中指がくっつかない。直径を想像すると、それが自分の中に入ってくることにわずかばかりの不安がある。

「心配しなくても、ちゃんと慣らしてから挿れる。よく言うだろ。亀の甲より年の功って」

「……亀」

膨らんだ亀頭を手のひらで撫でて、未亜は竜児を見上げた。

「そういう意味じゃない」

「うん、知ってる」

「まったく」

ふふ、と笑い合ってから、またキスをして。

ふたりとも、気負いはなかった。未亜にとっては、彼のすべてを受け入れるのが初めてのことだというのに、こうして竜児と裸で抱き合っているほうが当たり前の気がするのだ。

今まで、そうしていなかったことが不自然なほどに思えてくる。

どちらからともなく、立ち上がる。

竜児が先にバスタブから出て、未亜の頭をタオルでわしゃわしゃと拭いてくれた。それが、子どものころの記憶をうっすらとよみがえらせる。たしかに昔、こうして彼とお風呂に入ったことがあった。

「大きくなったな」

「背？　それとも、胸？」

上目遣いに見上げると、竜児が「ああン？」とガラの悪い声をあげる。

「いや、背も胸もはっきり言えばそれほどじゃないと思うが――」

「……握りつぶしたい」

彼の下腹部に視線を落とし、物騒な発言をした未亜に、竜児が慌てて言い繕う。

「待て、いや、違う。じゅうぶん育った。俺の知っている四歳のころに比べたら、身長も胸もかなり育った。な、そうだろ？」

「四歳と比べたら当たり前だよ！」

「拗ねてる顔もかわいいところは、昔と変わらない」

そう言って、竜児がそむけた頬にキスをした。

「俺はな、おまえの身長が何センチだろうと、おまえの胸が何カップだろうと、未亜しか好きじゃない。それじゃ、駄目か？」

「～～～っっ、それ、あんまりフォローしてないからね!?」

「フォローしているわけじゃないから、当たり前だ。これは、愛の告白だからな」

両手で前髪をかき上げてから、竜児が未亜を抱きしめた。

「今から、部屋に戻っておまえを抱く。俺はもう、おまえの保護者じゃなくなる。ほんとうに、後悔しないか？」

頭の上から聞こえてくる声に、未亜は「うん」と声に出して返事をする。

「わたしは、もう二十一歳だから。保護者は必要ないの。ほしいのはね、海棠竜児っていう男をひとり。その男しか、ほしくないんだ」

耳を当てた左胸から、竜児の鼓動が聞こえていた。未亜と同じくらい、彼の心臓も高鳴っている。百の言葉よりも、想いを伝えるその鼓動が愛しかった。

「すごいことを言う女に育ったんだな、おまえ。いや、俺の育て方の問題か……？」

「好きになった男が竜児だったんだから、このくらい言える女にならないとね」

今夜何度目になるかわからないキスをして、洗面所で互いの髪を乾かし合ってから、ふたりは三階の竜児の寝室へ向かった。


竜児のベッド周りは、すべてが深い海の色をしている。思い出せば、昔からそうだった。両親と暮らしていたころ、シーツや布団は白いのが当然だと思っていた未亜には、彼のネイビーブルーのリネンが、なんだか特別なものに見えた。

「……夜の海にいるみたいだね」

少し冷えた体をベッドに横たえて、未亜が竜児を見上げる。

「だったら、おまえは髪の短い人魚姫ってところか」

らしくもないキザな冗談に、いつもならきっと笑ってしまっただろう。

けれど。

「――好きだ、未亜」

「わたしも……」

生まれたままの姿で抱き合うにつれ、心は狂おしいほど竜児を求める。どれほど痛くても構わない。彼のものになったという、証拠がほしかった。約束がほしかった。この男がほしかった。

ゆっくりと、竜児の唇が未亜の胸の頂点を目指して肌を這う。ぬるりと熱い舌が、淫靡な道すじを残していく。

「竜児……」

広い背中に手を添えて、未亜は目を閉じた。

ほどなくして、彼の唇が色づいた部分をきゅっと根元から扱《しご》く。

「……っ、あ！」

愛撫されているのは胸だというのに、尾てい骨の上から背骨を伝って電流が流れる気がした。軽く跳ね上げた腰を、「かわいいな」と竜児がなだめる。

「未亜の体は、どこもかしこもかわいい。俺だけのものだ」

腰を撫でた手が、迷いなく鼠径部へ移動し、脚の間に指が割り込んできた。何度か指や舌でほぐされたことはあったけれど、未亜の入り口はまだ竜児を受け入れられるほど慣れていない。

「……っ、や……」

早くも柔肉をなぞる竜児の指に、未亜はかすかに抵抗する。

——まだ、そんなにされたわけじゃないのに……

自分の体が、彼を欲して潤ってきていることが恥ずかしくなったのだ。

「濡れてるから、恥ずかしいのか?」

やけにまじめな顔をして、竜児が問いかけてくる。わかっているなら聞かないでほしい。

そう思った未亜だったが、そんな心の声まで見透かしたように、彼が胸を強く吸った。

「んっ……あ、あっ」

「なあ、未亜。おまえの体が濡れるのは、俺をほしがっているせいだ」

——そんなの、わたしだって知ってる……!

未亜にとっては、これは人生で最初の大人の夜だ。けれど、竜児はそうではないのだろう。いちいち聞かなくとも、そのくらいは察しがつく。

「——嬉しいよ」

耳元で、耳殻を舐るような甘くかすれた声がした。

一瞬で、首から肩にかけて肌が粟立つ。竜児の声は、未亜を虜にする力を持っていた。

「おまえが、俺をほしがってくれるのが嬉しくてたまらない。だから、濡れてるか確かめさせてくれ」

「……竜児」

「駄目か？」

耳朶《じだ》を甘嚙みして、彼がねだるように未亜の返事をうながす。

「ぁ、あっ……」

「ここにさわってもいいだろ？」

とんとん、と指先で鼠径部をリズミカルにノックして、竜児がもう一度尋ねた。

「さ……わって……」

「いい子だ」

ふう、と耳孔に息を吹きかけられると、体中の力が抜けてしまう。弛緩したところを見逃さず、竜児の指が秘めた亀裂を左右に割った。

「っっ……、あ！」

今まで何度かされた中で、今日がいちばんなめらかに太い指を受け入れている。そのことを、未亜だけではなく竜児も感じているはずだ。

──わたしの体、ちゃんと竜児を受け入れる準備ができてるんだ。

「ああ、また甘い香りがしてきた。未亜のここ、すごくいやらしくておいしそうな香りがする」

「そ、そんなの知らな……っ、あ、あっ」

「だったら、俺だけが知ってるってことだな」

長い指が、探るように未亜の中へ埋め込まれていく。最初は第一関節まで、次は第二関節まで、そして──

「あ、あ、っ……、竜児、竜児……っ」

気づけば、彼の中指と薬指を膣に埋め込まれて、未亜は悲鳴にも似た声で竜児の名前を呼ぶ。

「力を抜けって言っても無理か」

未亜に尋ねているというよりは、自身に確認する言い回しで、彼が小さく息を吐いた。

──指だけでこんなにすごいなんて、どうしよう。竜児の、ちゃんと全部入るの……？

痛みではなく、違和感が圧倒的に勝っている。

「あ、えっ……!?」

顔の位置をずらした竜児が、胸を吸いながら未亜の中の指を動かしはじめた。二本の指が開いては閉じ、慣れない粘膜をあえかにこする。淫靡な蜜音が体の内側から聞こえてきて、未亜は耳まで真っ赤になった。

「竜児、待って、動かすのや……っ」

「いいから、おとなしくしてろ。ちゃんと慣らしてやるって言っただろ」

つんと屹立した胸の先を、濡れた熱い舌があやす。それだけでもせつないのに、体の内側をこすられると全身がびくびく震えてしまう。

「痛いか?」

短い髪を揺らして、未亜は子どものように首を横に振った。痛いよりも、もうもどかしさのほうが強い。彼の指を食いしめて、蜜口はもっと太いものを求めるように収斂する。

「ハ……、未亜の中、熱いな」

舌先で乳首をねっとりと舐めた竜児が、熱に浮かされた声でささやく。かすれて途切れそうな声音が、彼の興奮を物語っていた。

「竜児の……ちょうだい……」

シーツに爪を立てて、懇願する。

これ以上、指で焦らされていたらおかしくなってしまいそうだった。

「そんなに焦るなよ。俺はどこにも行かない。ずっとおまえといる」

「やだ……、もう、このままじゃヘンになっちゃうから、お願い……っ」

腰の奥に甘く渦巻く快楽が、脳天まで届きそうになる。体の中に、自分では制御できない何かがあって、その何かが今すぐに竜児をほしいと駄々をこねる。

「本気で言ってるのか？」

「本気……ん、あ、あっ……」

「挿れたら、泣いても抜いてなんかやれないんだぞ」

涙目で首を縦に振り、未亜は竜児をじっと見つめた。

「……ちょっと待ってろ」

ずるりと、抜け落ちるように竜児の指が引き抜かれる。空白がもどかしくて、未亜の体がみだらにしなった。

「竜児……」

「そんなかわいい声で俺を呼ぶな。準備しないと、抱けないんだよ」

背を向けた彼は、避妊具のパッケージを破る。未亜を守るために装着してくれるのだ。

それから。

竜児は、未亜の脚の間に腰を埋め、先端を蜜口に押し当てる。自分の意志とは無関係に、ひくひくと開閉するのを感じて、未亜は「早く」とせがんだ。

「ああ、それいいな。早く、か」

「竜児、お願いだから」

「……口開けろ。キスしながらしたい」

あえぐ唇に、竜児の唇が重なる。

舌が絡み合うと同時に、彼がわずかに腰を押し進めた。

「んぅ……っ……」

しとどに濡れた隘路が、これまでにないほど押し広げられる。ぴっちりと避妊具で締めつけられていても、彼の雄槍は信じられないほど太く逞しい。

「……っ、ハ、狭いな……」

亀頭を半分ほど埋め込んだところで、竜児が吐息を漏らす。

「未亜、痛くないか?」

「……んっ、だいじょうぶ、だから……」

「涙目でそんなこと言っても、信憑性は低いぞ」

低く笑った竜児が、ぐっと腰を進めた。浅瀬にみっしりと膨らんだ切っ先が押し込まれ、未亜は奥歯を噛みしめる。

——痛……………くない!!

声をあげそうになる自分を、かろうじてこらえた。痛くないわけがないのだ。初めてな上に、竜児のものは相当太い。

「歯、食いしばるんじゃない。まったく、相当な負けず嫌いだな、おまえは」

よしよしと頭を撫でて、竜児がひたいとひたいをくっつけてくる。

「だって、竜児……」

「なんだ?」

「わたしが痛くて泣いてもやめないって、あれ、嘘だもん……」

見た目は強面でも、竜児は優しい。

背中に筋彫りの昇り龍がいても、カタギではなかったとしても、彼の優しさを未亜は十七年間浴びて育ってきたのだ。

「だから、痛くないの。竜児がくれるものなら、愛情も毒も同じくらい嬉しい。痛いのは、竜児がわたしの初めての男だから、だよ……?」

震える手を伸ばすと、竜児が指を絡めて握ってくれる。

「ほんとうに、おまえはどうしようもないくらい俺の理想の女だよ。それとも、未亜と一緒にいるうちに俺の理想が未亜になったのかもしれないな」

どちらだとしても、構わない。

彼の理想の女になれたのだとすれば、それはこの上なく幸せなことだ。

「奥まで、いいか?」

ひたいに汗を浮かべて、竜児が問いかけてくる。未亜は何も言わずにうなずいた。

ず、ずず、と体の内側に引き攣《つ》るような痛みが響いた。だが、それこそが竜児の愛情だと知っている。

今。

彼の愛情のすべてを、この体で受け止めている。

「〜〜〜っっ、ぁ、あ……っ！」

ずん、と最奥に何かが突き当たり、未亜は耐えきれずに喉を反らした。

「ああ……全部入ったな」

ふたりの腰が密着し、竜児の漲る怒張が完全に未亜の中に埋め込まれていた。

「りゅ……じ……」

「わかるか？」

「わかる。竜児が、わたしの中にいるんだね……」

息が苦しい。体中から汗が噴き出すような気がした。けれど、竜児は未亜の奥でじっと息を潜めている。

「中、ひくついてる。未亜、苦しいだろ」

ごめんな、と彼が小さな声で言う。

謝らないで、と未亜が竜児の唇に指を添えた。

「わたしね、竜児のことが好きなの」

「……ああ」

「竜児が思うより、きっとずっと大好きなんだよ。だから、竜児に抱かれて——苦しいの

激しくて。

も痛いのも、ぜんぜん平気。今は、嬉しくてたまらないの……」

言い終えた唇に、嵐のようなくちづけが落ちてくる。乱暴なのに優しくて、優しいのに

「もう、我慢できない。悪い……っ」

「ひ、ぁ……っ」

ふたりをつなぐ楔が、ぐんと抜き取られていく。引き攣る粘膜が、竜児の動きに合わせて引っ張られる。

蜜口に亀頭のくびれが引っかかると、彼は勢いよく腰を打ち付けた。

「あ、あ、っ……」

「未亜、おまえの中、俺にしがみついてくる……」

「竜児ぃ……っ」

突き上げられるたびに、体が軋む。

太すぎる楔に、未亜の華奢な体は壊れてしまいそうだった。

「好きだ。ずっと、おまえを抱きたかった」

だが、すべてが多幸感に変わっていく。

痛みも、恥ずかしさも、竜児の重みも、こすれる粘膜も、ふたりの汗が混ざり合うほどに喜びだけを未亜に与えていた。

「くそ……っ……、こんなに狭くて、もっと優しくしてやりたいのに……」

「いいの。竜児の好きにして。わたしは、竜児の全部がほしいから……」

ネイビーブルーのシーツに、破瓜の血が小さなシミを作る。激しく揺さぶられて、未亜はあえぐように息をした。

――わたしは、そんなに簡単に壊れたりしない。けっこう頑丈にできてる。竜児の全部を受け止められるように、ちゃんとできてるんだ。

けれど。

永遠にも思える時間が過ぎたあとで、竜児は果てることなく未亜の中から自身を引き抜いた。

「え……？」

どうして、と未亜は竜児を目だけで責める。

「もう、じゅうぶんだ。今夜はここまででいい」

「駄目だよ。竜児、イッてないでしょう？」

「あのな、イクだけが快感じゃない。おまえだって、そろそろ限界だろ。俺は性欲処理がしたいんじゃなく、好きな女を抱きたいんだ。わかるか？」

そう言われてしまえば、わからないとは言えなくて。

「……このまま、未亜を抱きしめて寝たいんだよ、俺は」

夜の空気を震わせる、甘くかすれた彼の声。

未亜は小さくうなずくと、抱き寄せる竜児の胸に頬を寄せた。


♪。+.o.+。♪。+.o.+。♪


「——以上が、本日の予定になります」

週明けの月曜。

六月を目前に、抜けるような青空が広がっている。竜児は、いつもどおり八時に迎えに来た社の送迎車で、鴫原の語る一日のスケジュールに耳を傾けていた。

「わかった。ありがとうな、鴫原」

「っっ……!?」

助手席で、鴫原が息を呑む。即座に、彼はぐるりと後部座席に首を回した。

「なんだ、ヘンな顔して」

「社長こそ、何かおかしなものでも食べたんですか?」

「……どういう意味だ、それは」

自分ではいつもどおり——いや、いつもよりやや愛想よく、部下をねぎらったつもりだ。

それが、化物でも見るような顔を向けられるとは心外だった。

「週末、何かいいことでもあったのでしょうか」

「黙秘する」

「……あったんですね」

ふ、と口角を上げて、デキる部下が眼鏡のブリッジを指で押し上げる。

「今日は天気がいいな」

未亜も、この空を見ているだろうか。

年甲斐もなくそんなことを思って、竜児は車窓から空を見上げた。


♪。+.o.+。♪。+.o.+。♪


竜児が出社してから一時間ほどのちの、ブックカフェ『ファルドゥム』でも、似たような現象が発生していた。

「……何か、あったんですかね」

アルバイトの二階堂が、店長の桐子に小声で言う。

「定休日のあとから、芹野さんめちゃくちゃ機嫌いいじゃないですか」

「まあ、そうね」

ふたりの視線の先で、モーニングセットを運んだ未亜が、常連客と珍しく談笑していた。

談笑、である。

これまで三年、同じ店で働いていながら、未亜はほとんど無表情で職務に就いていた。店長の桐子からしてクールな印象の人物なので、未亜が多少無愛想でも文句を言われたことはない。基本的に『ファルドゥム』では、仕事は個性を活かすもの、という認識がまかり通っていた。

今月になって、常連客からも一見《いちげん》の客からも、急に声をかけられるようになってきたことを、未亜自身も気づいている。最初は戸惑いもあったし、雰囲気が変わったと言われることに照れもあった。だが、変わっても仕方がない。

——だって、めちゃくちゃ幸せなんだ。今までどおりでなんていられない。

「芹野さん」

二階堂に呼ばれて、未亜はトレイを片手にカウンターへ戻る。

「はい、なんでしょう?」

「週末、何かいいことでもあった?」

「……秘密です」

思い出し笑いならぬ、思い出し赤面。

未亜は色白の頬を、ぽっと赤く染めてうつむいた。

——竜児、もう会社かな。昨日の夜も遅かったから、居眠りしてなきゃいいけど。

「絶対何かあったよね、その反応!?」

「秘密です」

再度同じ返事を繰り返し、未亜はトレイを片付けて文具コーナーへ移動する。

木枠にガラスをはめ込んだ入り口扉から、キラキラと日差しが店内を輝かせていた。それは、この三年間ずっと同じ風景だというのに、いつもよりずっと美しく見える。自分が変わると世界が変わるらしい。

「芹野さん！」

しつこく追いすがってくる二階堂さえ、鬱陶しく感じないのだから、恋愛とはものすごいパワーがある。

愛し愛されて。

心も体もひとつになったと、そう信じられる。

「ね、ねえ、あのさ、もしよかったら、帰りにお茶とかどうかな」

「あー、それはちょっと」

「食事じゃないよ？　お茶だよ？　それなら、家族に心配されることもないよね!?」

「二階堂さん、そこのボールペン、在庫ありましたっけ？」

「あ、どうだったかな。これ、最近売れ行きいいよね……って、芹野さんー」

店員同士がべらべら喋っているのは、あまりよろしくない。未亜は、さっさと二階の書棚掃除に行こうと螺旋階段に向かう。

ちょうどそのとき、入り口扉が開いて五十代くらいの女性が店に入ってきた。

「いらっしゃいませ」

声をかけてから、螺旋階段の手すりが少しくすんでいるのを目にし、書棚掃除の前に階段の手すりを磨くことにする。

いったん、バックヤードに戻って雑巾とバケツを手に戻ると、先ほど入ってきた女性がちらちらと未亜のほうを見ていた。

――あれ、常連さんだったかな。見覚えないけど……

念のため、軽く会釈をひとつ。

未亜は螺旋階段の木製の手すりを、固く絞った雑巾で磨きはじめる。

「芹野さん、今日の午後、橋崎珈琲《はしざきコーヒー》さんが納品に来るから点検をお願いできる?」

「わかりました」

「二時から三時の間だから、よろしくね」

「はい」

桐子に返事をし、雑巾を一度バケツの水で洗おうとした――その手を、横からぐいとつかまれた。

「……っ、お客さま、どうかされまし――」

「未亜ちゃん？　未亜ちゃんよね？」

それは、先ほどの壮年女性である。

店内で名字ではなく名前を呼ばれることは、ほぼない。桐子も二階堂も、ほかのアルバイトたちも同じだ。

「あの、失礼ですが……」

「ああ、いやだ。忘れてしまっても仕方がないわ。わたしよ、芹野えり子。あなたのお母さんの姉、伯母さんよ」

芹野えり子。

たしかにその名には、覚えがあった。

なにせ、未亜の名字はその伯母からもらったものなのである。伯母の養女となってからは、父の柿原姓を名乗れなくなった。未亜としては、できることならずっと父と母と同じ名でいたかったのだが――

「驚いたわ。すっかり大人になって」

「……はい」

さすがに、なんと返事をしたものか困惑する。未亜の記憶が間違っていなければ、この伯母とは両親の葬儀以来、顔を合わせたこともないはずだ。

「ねえ、未亜ちゃん。伯母さんね、去年浦安に引っ越してきたのよ。知らなかった？」

竜児からは、そんな話を聞いたこともない。

だが、浦安から『ファルドゥム』のある池袋までは、大手町経由で四十分ほど。たしかに、偶然会ってもおかしくないくらいの距離なのかもしれない。

それでなくとも、最近はタウン誌やネットの記事でも取り上げられて、ブックカフェは話題だ。『ファルドゥム』もオープン当初より、だいぶ客が増えている。

未亜が黙っていると、えり子はひとりで話を続けた。

「ああ、やっぱり。知らなかったのね。あの男が、未亜ちゃんにわたしたちのことを何も伝えなかったんでしょう」

「いえ、そういうことは……」

「だから、わたしは反対だったのよ。あんなどこの馬の骨とも知れない男に、大事な妹の忘れ形見を任せるなんて！」

――うーん、なんか独特な人だな、伯母さん。

竜児がどこの馬の骨とも知れないというのなら、未亜だって同様だ。両親もおらず、養親とも一緒に暮らしていない。幼いころから、そのことを周囲に噂されるのは慣れていた。血縁でもない男と暮らしていることで、どんな目で見られるかも知っている。

「りゅ……海棠さんは、とてもよくしてくださってます」

「まあ！　そう言えって言われてるのね⁉」

世の中には、相手の話を都合よく捻じ曲げて解釈する人物がいるものだが、なんと未亜の伯母がそうらしい。

未亜は、小さく深呼吸をしてえり子に向き直った。

「すみません、今は仕事中なのであまり長話はできないんです」

失礼な娘だと思われても構わない。正直なところ、血縁者だと言われても未亜はこの伯母に好意を持てそうになかった。

「あら、そうよね。そうだわ、当然だわ。ああ、未亜ちゃんったら、ほんとうに大人になって――」

しかし、こちらの意図を汲む気すらないらしく、えり子はまだ話し続けようとする。仕方なしに、未亜はえり子と昼休みに会う約束をして、その場はなんとかおさめてもらった。放っておけば、ほかの客の邪魔になりかねない。

――ああ、わたしのお昼休みが……

竜児とSNSでメッセージをかわすことが、未亜のここ最近の昼休みの楽しみである。それが、どうも今日はできそうにない。

――伯母さんが来たから話せないって言ったら、竜児が心配するかも。

えり子は、竜児をよく思っていないのを隠そうとすらしなかった。きっと、竜児に対しても嫌な態度をとってきたのではないだろうか。

——嘘をつくのはよくない。でも、ほんとうのことが相手を傷つけるとしたら、できれば知られずに済ませたい。

愚直にも、真剣にそんなことを悩んでいた未亜だったが、昼休みにロッカーからスマホを取り出すと、竜児のほうから今日の昼は役員と昼食会がある、と連絡が入っていた。

『了解』

ひと言だけの、短い返信。

すでに昼食会に参加しているのか、既読はつかない。

未亜はエプロンをはずしてバッグを手に取ると、えり子と待ち合わせをしたパスタ屋へ向かった。


案の定、と言うべきか。

憩いの時間であるはずのランチタイムは、えり子の独壇場と化していた。

「——でね、うちの息子たちったら、ほんとうにろくでもない女に捕まっちゃって」

最初は竜児のことを悪く言われるのではないかと危惧していた未亜だったが、話題のほとんどはなぜかえり子のふたりの息子が迎えた嫁に関する愚痴である。

——まあ、ある意味ではこっちのほうがマシかな。

相手が年長者であろうと、母の姉であろうと、竜児を悪く言われるのは不愉快だ。それに比べれば、息子の嫁について愚痴られるほうがずっといい。

「ああ、未亜ちゃんがこんなにいい子に育つなら、うちで預かっておけばよかったわ。そうしたら、息子たちだってあんな女どもに捕まらずに済んだのに！」

「いや、それはどうですかね……」

今の自分があるのは、ひとえに竜児のおかげであることを伯母は失念しているようだ。それを言おうか迷っていると、えり子はドリンクバーに行くと言って席を立った。なんとも忙しない人だ。よく食べて、よく話して、よく愚痴る。

――お母さんも、生きてたらあんなオバサンになってた……とは思いたくないけど。

けれど、えり子と食事をしていて、その顔立ちに母と通ずるものを感じてしまう。記憶の中の母は、えり子よりすらりと細く、軽やかに笑う人だった。だが、目や鼻や口といったパーツが、それぞれ少しずつ似ているのだ。

鏡に映る自分よりも、えり子のほうが母に似ている。そう思うと、なんだかえり子を無下に扱えなかった。

「ねえ、未亜ちゃん。あなた、恋人はいるの？」

戻ってきた伯母は、開口一番そんなことを言い出す。脈絡というものが、この人にはないのかもしれない。

「あの」

「いないわよねえ。だってまだ、こんなに素直で女の子らしいんだもの」

——すみません、すでに竜児とすっごいコトをしています。

苦笑した未亜の表情を、えり子は肯定と受け取ったようだった。

「伯母さんね、未亜ちゃんには申し訳ないことをしたって思ってるのよ」

「いえ、わたしはちゃんと幸せなので気にしないでください」

「またそんなことを言って！　いいの、いいのよ。普段は言えないんでしょう。ろくでもない男と暮らしてるだなんて、知られたくないものねえ」

伯母は、何かというとろくでもないという言葉を使う。息子の嫁についてもそうだった。

「未亜ちゃんのお父さんもそうだったのよ。未来はね、あの男に騙されたの」

「……はい？」

つい、語調がきつくなる。当然だ。竜児をろくでもないと言ったその口で、今度は父が母を騙したと言い出したのだから。

「未来は、地元でも器量よしで有名だったのよ。なのに、孤児院育ちの男と駆け落ち同然で一緒になったりして。あんなことがなければ、今ごろは——」

父が、施設で育ったという話は、幼いころに竜児から聞いたことがある。だが、そんなことは別として、未亜の父親は優しい人だった。写真に残る、お人好しそうな笑顔がそれを物語っていた。

「ろくでもない男をかばうのは、未来譲りなのかしらね。貴彦さんもどうしようもないけれど、あの海棠とかいう男はもっとひどいわ。未亜ちゃんの前ではいい顔をしているかもしれないけど、ご両親は海棠のせいで亡くなったのよ」

聞き捨てならない言葉に、未亜は目を瞠る。

未亜の両親は、深夜の高速道路で事故に遭った。

そのことは、未亜だって知っている。自分も同乗していたし、母がかばってくれたおかげで命拾いしたのだということも――

それが、どうして竜児のせいで亡くなったことになるのか。

竜児は現場に居合わせていない。事故の状況から、細工をしたとも考えられない。そもそも、殺人犯だったら普通に暮らしていられるわけがないのだ。日本の警察は、そんなに甘くない。

「あの海棠とかいう男はね、ヤクザ者なのよ」

――あ、そっち？

竜児が、反社会的な勢力に属しているかもしれないということは、未亜もとっくに承知していることだった。彼は否定するけれど、少なくとも過去にはそういう団体に関係していたのだろう。そうでなければ、どこの誰が趣味であんないかにもな入れ墨を入れるものか。

「伯母さん、それは——」

「貴彦さんが街金で借金を作って、その取り立てに来ていたのが海棠らしいのよ。ひどい取り立てから逃げようとして、あなたの両親は夜逃げしたの。その矢先に、あの事故！」

どくん、と心臓が跳ねる。

この人の言っていることの九割は、勝手な想像だとわかっていた。父は母を騙してなどいないし、竜児はろくでもない男ではない。

だが。

——竜児が、借金取りだった……？

なぜだろう。その言葉には、真実味が感じられる。

幼い日。

未亜は、夜になるとアパートのドアをどんどんと激しく叩かれるのを聞いた覚えがあるのだ。母は、未亜に耳栓をさせた。それでも聞こえてくる音に、ドアが壊れてしまうのではないかと怯えたこともある。

「あんな取り立て、違法なのよ。それなのに、あの海棠とかいう男は、平気で貴彦さんからお金を搾り取ってね。そうそう、あなたのお父さんって、どこか抜けたところのある人だったでしょ。だから、騙されたに違いないわ」

それがほんとうならば、父は母を騙し、竜児は父を騙したというのか。辻褄の合わない話だ。

「伯母さん、よくご存知なんですね」

他人事のような顔をして、わざとそんな返事をする。そうでもしないと、竜児を疑ってしまいそうで自分が恐ろしかった。

誰よりも信じてきた相手が。

——わたしのお父さんとお母さんを死なせた相手……？

そんなこと、ありえない。

未亜は、自分の目で見てきた竜児を信じている。そして、これまで自分を放っておいた伯母のことは信じる根拠がない。

ならば、迷う必要すらないはずなのに、竜児が借金の取り立てをしていたという一点については、頭のどこかで符号が合う。

「金貸しなんて、ろくなもんじゃないわ。うちの息子もね、大学生のときに学生ローンとかいうので借金を作ったの。それも、今の嫁にプレゼントを買うためだとか言って！　まったく、あの嫁ったら金遣いが荒くてなっちゃいないのよ！」

そのあとの話は、ほとんど覚えていない。どうでもいい従兄弟の、どうでもいい嫁の話ばかりだった。

昼休みが終わって『ファルドゥム』に戻ると、未亜は大きなため息をついた。

「……あれ、どう思いますか？」

「疲れてるんじゃない」

「もしかして、彼氏と別れたとか!?」

「……二階堂くん、無駄にポジティブだね」

桐子と二階堂の会話が遠くに聞こえる。

竜児はよく、あの古いアパートに遊びに来ていた。『かいどうのおじちゃん』と呼びかけるたび、金色の長い髪を揺らして「おにいさんと呼べ」と言っていた。

少なくとも、彼は柿原家にとって恐ろしい取り立て屋ではなかったはずだ。

けれど、日が落ちて夜が来るたび、アパートのドアをノックする音が聞こえてきたのも事実である。ときに蹴り飛ばす乱暴な音がして、母が自分を強く抱きしめていたのを覚えている。父は、ときどき顔や腕、腹部を痣《あざ》だらけにしていた。

――竜児はそんなことしない。ヤクザだったとしても、悪いヤクザじゃないはずだもの。しかし、ヤクザはヤクザなのだ。お天道様に顔向けできないようなことをして、夜の世界を渡り歩く。かつての竜児も、もしかしたら――


その日。

未亜が帰宅すると、玄関前には黒塗りのベンツが停まっていた。毎朝見る、竜児の送迎の車だ。

遠目にそれを見ながら歩いていくと、竜児と鴫原が車の外で話しているのがわかった。

「――から、おまえはもう足抜けしたほうがいい」

「社長、何を言ってるんです。私は地獄の底までついていくつもりですよ」

「あのなあ、エリートの坊っちゃんが、何を好きこのんで金貸しなんてやる必要があるんだよ」

金貸し。

そのワードは、つい六時間ほど前にえり子の声で聞いたものである。同じ単語が、竜児の口から出たことに、未亜は心の中で「ああ」とつぶやいた。

ああ、やっぱり。

そう思うのと同時に、だからといって竜児が両親を追い込んだわけではないともわかっている。けれど、やはり彼はそういう職業に就いているのだ。いや、それは職業と呼んでいいものなのかどうかも、未亜にはわからない。

「金融業界とおっしゃってください。幹部連中も、そろそろ社長のやり方に慣れてきたところです。言葉は慎重に選んだほうがよろしいかと」

「はあ、いい加減面倒だな。金貸しなんて、それ以上でも以下でもねえだろうに」

そこで、竜児は未亜に気づいた。一瞬、表情が強張る。

「未亜、おかえり」

「……ただいま」

今朝、家を出る彼を見送ったときには、幸せ一色だった心が今は違う。ドブ川の底にたまったヘドロのように濁って、自分自身を見失いそうだ。

未亜は、それ以上何も言わず、目を伏せたままで鳴原に軽く頭を下げて家に入った。竜児の呼ぶ声が聞こえたけれど、振り返ることなく三階へ駆け上がる。

「おい、未亜！　うがいと手洗いを忘れてるぞ」

どんなにうがいをしても、どんなに手を洗っても、両親を死なせた男たちと同じ職業かもしれない男に抱かれた体は、もう元には戻らない。

頭では、竜児が悪いのではないとわかっているのに、どうしても心が追いつかなかった。あの男は、やはりヤクザだったのだ。


♪。+.ｏ.+。♪。+.ｏ.+。♪


――なんだ、あの態度は。

竜児は、突然の未亜の変化に苛立っていた。当初は何かあったのかと心配し、無視されるごとに当惑し、最終的には避けられる日々にひどく苛立つ。

なんの理由もなく態度を変えられては、誰だって不快になるのは当然である。

しかも、それまで波風ひとつ立たない幸せなふたりだったはずが、突然顔も合わせたくない素振りをされているのだ。

「おい、未亜」

三階の寝室前で、声をかける。部屋にいるはずの未亜だが、返事はない。

「いい加減にしろ。子ども扱いするなと言ったのはおまえだろ。なのに、この態度は拗ねたガキと変わらないんじゃないか」

室内から、ゴトゴトと何かを動かす音が聞こえてくる。眠っているわけでもないらしい。いや、寝ていたとしても竜児がけっこうな大声を出しているのだから、目が覚めるだろう。

「未亜！」

「……放っておいて」

絞り出すような声に、一瞬で覇気が削がれる。

――泣いているのか？

鼻声にも聞こえるし、喉を狭めたようにも聞こえる、苦しげな声だった。あるいは、風邪でも引いたのではあるまいか。そういえば、先日も未亜は帰宅後のうがいと手洗いをせずに自室へこもっていた。

食事もまともにとらない。一応、朝食は作ってくれる。けれど、未亜は一緒に食べることをしなくなった。

何があったのか尋ねても、彼女は答えない。昔から、そういうところのある娘だった。思うところがある間は、じっとひとりで考え続ける。答えを出すまで、未亜は誰にも相談をしない。竜児にさえもだ。

——だとしたら、今もあの小さい頭で何か考えてるってことか……

「わかった。放っておく。だがな、食事はしろ。それと、うがい手洗いも……」

言いかけて、自分の口うるささに自分で呆れ返る。

「食事だけはしろ」

竜児は、言い直してから二階へ下りた。

もう三日も、未亜の自室籠城は続いている。あるいは、竜児に対してなんらかの不信感を持ったのかと思わなくもない。きっかけが、鳴原と玄関先で話していたことだと思えるせいだ。

——あのときの会話の、何が気に入らなかったんだ？　俺が未亜と話すときより、口が悪かったせいか？

そのくらいしか、思い当たる節はない。未亜にすれば、竜児はカタギではない仕事に就いていることになっている。何度も彼女はそう言って、何度も竜児は否定した。

実際、今の仕事はスジ者と関わりを持たない。蜆沢組と縁を切ったのは、もう十七年も前のことである。

ソファに身を沈め、竜児は何も映らないテレビを見つめた。

「……一度、きちんと俺の仕事について話したほうがいいのか」

カタギの仕事はしているものの、おそらく未亜が考える以上に『ライフる』の規模は大きい。テレビコマーシャルで見ない日はないし、無人契約機は全国八百台に及ぶ。

未亜が、竜児の仕事を知らないほうが危険がない――と彼はずっと考えてきた。仕事柄、敵も少なくはないのだ。だからこそ、あの娘には自身の仕事を告げずにきた。

しかし、今はもうふたりの関係も変わっている。未亜の保護者ではなく恋人となった今、秘密にし続けるほうが危険だとも考えられる。

竜児は、何度目になるかわからないため息をつき、長い脚を組み替えた。

目を閉じて、幼い日の未亜を思い出す。何かに悩んだとき、面倒な出来事に直面したとき、無垢な存在を思い出すことで心が落ち着く。それは、竜児のクセのひとつだった。

けれど、ここ三日睡眠不足の続いていた竜児は、目を閉じて過去に思いを馳せているつもりで、ソファでうたた寝をしてしまった。

目を覚ますと、時刻は二十二時半。

――いかん。風呂にも入っていない。

そう思って立ち上がったとき、一階の玄関ドアが開閉する音が聞こえてきた。こんな時間に、いったいどうして。

セキュリティシステムは作動している。ならば、ピッキングその他の方法で誰かが入ってきたとは考えにくい。しかし、未亜は三階にいるはずだ。

手元に武器になるようなものはなく、竜児は大きく深呼吸をして暴漢に備える。階段を上ってくる足音が聞こえて、顔を見せたのは――

「……起きてたんだ」

「未亜⁉」

なぜ、彼女がこんな時間に玄関から入ってくるのか。竜児は、これ以上ないほどに眉根を寄せた。

「おまえ、どこに行ってたんだ」

「別に。ちょっと食事に行っただけ。竜児だって、食事はするようにって言ったじゃない」

たしかに言った。だが、それは家で食べろという意味だ。

「食事なんて、家でもできる」

「誰と食べたっていいでしょ。わたしはもう子どもじゃない。それは、竜児だってわかってることだよね」

棘のある言い回しに、苛立ちがピークに達した。

「誰と食べたっていいだと？　こんな時間に帰ってきて、今さら反抗期か⁉」

「だったら何？　竜児はわたしに言ってないことが、いくらでもあるでしょ？　なのに、わたしにだけ全部明かせって言うの？」

秘密を明かそうと思った矢先の反論に、竜児は歯噛みする。ぎりりと鳴った奥歯が、かろうじて怒りを押し止めた。

「……男か？」

絞り出した声は、自分でも笑ってしまいそうなほどにみじめで。

「男と食事でもしてきたのか。俺を好きだと言ったその口で、今度はほかの男に笑いかけたんじゃないだろうな」

こんなにも、己は嫉妬深い男だったのかと、自分にうんざりする。若くかわいい恋人が、ほかの男と食事をしたかもしれない。ただそれだけで、嫉妬に狂うとは無様だ。

「わたしは、ほかの男に笑いかけたりしない」

プライドを傷つけられた顔で、未亜がこちらを睨みつけてきた。当然だ。傷つけるつもりで放った言葉なのだから。

「わたしが好きなのは、竜児だけだよ。そのくらいのこともわからないの？」

「……だったら、証明してもらおう」

緩めていたネクタイを、片手でほどく。

カーテンの隙間から、細く抉《えぐ》れた月が見えた。刃物のようにその身を削いで、月は不気味なほどに美しく輝いている。

♪。+.ﾟ.+。♪。+.ﾟ.+。♪

――どうにでもなればいい。

疑われたことも、疑ったことも苦しくて、未亜は竜児のなすがままにさせていた。

ダイニングテーブルの、食事用の椅子。そこに、彼女は束縛されている。両脚はそれぞれ椅子の脚に括られ、背もたれのうしろで両手首を縛られた格好だ。

痛いほどきつく束縛されてはいないが、逃れようという気力もない。

「……っ、あ、あっ……」

ただ、虚しいほど心が乾いているときでも、竜児の愛撫に体が反応するのが嫌になる。

「ずいぶん、いやらしい声をあげるようになったな。なあ、未亜？」

ブラウスをはだけられ、ブラジャーを胸の上まで押し上げられた肌に、竜児の指先が躍った。スカートも腰までめくられて、下着は剝ぎ取られている。無防備な秘所には、竜児の指が埋められていた。

ぬちゅぬちゅと、はしたない音があふれる。

未亜は、冷たい快楽に何度も達しては息を吞んだ。

「おまえは、俺のことが好きなんじゃなかったのか？」

「……好き、だよ。竜児しか、好きになったことなんかない……っ」

「だったら、何がしたいんだ。駆け引きのつもりなら、引き際を見極めろ」

そんなことをした覚えはなくて。

ただ、彼の前で以前と同じように笑う自信がなかった。両親のことを考えると、好いた男と添い遂げたいだなんておいそれと言ってはいけない気がした。ありえないとは思うのに、伯母の言葉に含まれた一パーセントの真実が、竜児のせいで両親が死んだという話につながった場合を考えるたび、吐き気に苛まれた。

「駆け引きなんて……してな……あ、あっ……！」

激しく指を動かされ、下腹部にまた熱が集まっていく。自分だけが果てることに、寂しさを覚えていることを竜児は知らない。初めて抱かれた夜から、彼は一度も未亜を抱きながら達したことがなかった。

そして、今。

竜児は、指だけで何度も何度も未亜を果てさせて、屈辱を味わわせようとしているのだろう。

——好きだよ、竜児。

目を伏せて、心の中でつぶやく。

世界がひっくり返っても、彼を好きな気持ちが変わることはないと知っている。この想いは、死んでも変わらない。未亜という存在の根幹に関わる愛情なのだから。

けれど、どうしても答えが見つからなかった。

彼を愛して、彼のそばにいることで、死んだ両親はどう思うのだろう。竜児が、借金取りだったのだとしたら、彼のせいで父と母は死んだのか。そうだとすれば、両親を死に追い込んだ男に惚れた自分は、最悪の親不孝をしているのかもしれない。

――お父さん、お母さん、ごめんなさい。それでも、竜児を好きなの。

食事に出かけたのはほんとうだ。一緒にいたのは、バイト先の同僚の二階堂裕二。何か食べなくては体がもたないと思い、竜児の言葉もあってキッチンへ下りてきた未亜は、ソファで眠る恋人の姿に心を揺さぶられた。

どんな親不孝をしても、この男と一緒にいたい。

そう思ってしまう自分に、安易な答えを与えたくなかった。タイミングよく、二階堂からSNSでメッセージが来たのはそのときである。もちろん、相手が二階堂ひとりならば未亜とて出かけはしなかった。桐子や、ほかのバイトもいると言われて、竜児を起こさないように家を出た。

「まだ、終わりじゃない」

ベルトをはずした竜児が、怒りの権化のような劣情を右手で握る。先端からは、先走りの透明なしずくがしたたっていた。

「おまえが、俺を狂わせた。育てた娘を抱くだなんて、獣《けもの》のすることだろう？　それなのに、おまえが誘ったんだ、未亜」

昏《くら》い声は、苦しげにかすれている。甘く濡れたときとは違う、竜児の懊悩がにじんだ声だった。

「……好きだよ。好きだから、つらい。竜児のことが好きだから、苦しい」

「へえ、それはそれは。好きじゃなくなりたいとでも言いたいのか？」

いつもは必ず装着する薄膜をまとわず、竜児がぐいと未亜の中に怒張を突き入れる。

「う……っ、あ、あっ……！」

どんなに濡れていても体が軋むのは、いつにもまして竜児のそれが大きくなっているせいだ。

「違うなら、どういう意味か答えろよ。未亜、なんで俺を好きだと苦しいんだ」

罰を与えるように腰を揺らし、竜児が静かに問いかけてくる。引き抜かれるたび、蜜口がめくれ上がるのではないかと思うほど、彼のものは激しく膨張していた。

「言えな、い……っ」

「だったら、言えるまで抱く」

次第に加速していく動きに、未亜はすがるものさえないまま突き上げられる。抱きしめてくれる腕もない。つながる部分は熱いのに、竜児のまなざしは鋭利な刃物を思わせる。

「ああ、あ、や……っ……」

「イケよ。何度だってイカせてやる。おまえは、誰の女か思い知らせてやるからな」

「竜児……っ……」

達しても達しても、愛の責め苦は終わらない。あるいは、裏返した愛はもう愛ですらないのだろうか。彼にとっては違ったとしても、未亜には竜児の与えるものすべてが愛でしかない。

――愛してる、竜児。だけど、ごめんなさい。お父さん、お母さん、ごめんなさい。わたしは、この男しか愛せない。

竜児が怒りをおさめるよりも早く、未亜は意識を失いかけていた。力なく椅子にしなだれる体に、ぽつりと眦から透明な涙が落ちた。

「……おまえだけは、傷つけたくなかったのにな。俺は愚かな男だ。だが――」

遠く、竜児の声が消えていく。

ハスキーで、寂しげで、どうしようもなく愛しいその声が、どんどんと遠ざかっていくのを感じながら、未亜は完全に意識を手放した。


♪。+.゜.+。♪。+.゜.+。♪

チチ、チ、と鳥の声が聞こえる。スズメだろうか。そんなことを思いながら、重い体で寝返りを打った。

「……ん……」

もぞもぞと目をこすり、未亜は自分がベッドで寝ていることに気がつく。

昨晩は、ダイニングで竜児にさんざん突かれたはずだった。彼が怒るのも当然だと思う。ここ数日、自分の態度はあまりにひどかったのだから。

——それなのに、竜児はやっぱり優しいんだね。

上半身を起こし、パジャマを着ていることに悲しくなる。あんなふうに罰しておきながら、彼は未亜の体を清めてパジャマに着替えさせて、ベッドに運んでくれたのだ。

子どものころ、リビングで眠ってしまったときも、目を覚ますといつもベッドの上だった。あのころと変わらず、竜児は優しい。口でどんなことを言おうと、どんな恥ずかしいお仕置きをしようと、彼の心根に変化はない。

——それなのに、わたしは……。

彼を疑った。そんなわけがないと思いながらも、心のどこかで竜児に対して疑心暗鬼になった。

未亜がメロスならば、竜児に殴ってくれと頼む局面だろう。だが、メロスとセリヌンティウスではないふたりには、相手を疑ったことを謝罪し、殴り合って再確認する友情はない。そもそも竜児が本気で殴ったら、軽量級の未亜は壁まですっ飛ばされて頭を打つのが関の山だ。

——殴ってほしいなんて言ったら、また竜児を困らせるだけだって、わたしはちゃんと知ってる。

彼のすべてを知っているわけではない。

けれど、彼のことを誰よりも知っているのは自分だと思いたい。

十七年見てきた竜児は、いつだって誰よりもそばで未亜を見守っていてくれた。慣れない父親代わりを必死に演じ、ときに失敗しても豪気に乗り越える広い背中。誰よりも未亜を守るその手で、未亜に初めての快楽も教えてくれた。

「……ごめんね、竜児」

昨晩、傷ついたのは未亜ではないと知っている。あんなふうに未亜を強引に抱いた竜児のほうが、自己嫌悪に陥っていることだろう。

すでに、竜児は出社している時間だった。今日がシフト休なことを、未亜は少しだけ感謝する。ベッドから立ち上がると、膝がまだガクガクしていた。

手すりにつかまりながら二階のリビングへ下りると、ダイニングテーブルには朝食が並べられている。こんなときでも、竜児は未亜の分を用意してくれたのだ。

「……スマホ？」

だが、その横にあるべきではないものがあった。手に取ってみると、間違いなく竜児の私用スマホだ。彼は仕事用とプライベートの二台を普段から持ち歩いている。

仕事用を忘れたのでなければ、業務に差し支えはないだろう。そう思って、椅子を引く。昨晩、この椅子に座らされて竜児にたっぷりと犯された。そのことを思うと、平気な顔をして座るなんてもうできない気がする。

犯された——なんて言っても、結局未亜は竜児が好きだった。どんなに無理やりされても構わない。彼がしたいことなら、なんだって受け入れる。盲目的な愛情が、自分でもときどき怖くなるけれど、未亜にはそういう愛し方しかできない。

テーブルに手をついたとき、竜児のスマホが振動して着信を知らせる。液晶に表示された名前を見て、未亜は思わず通話をフリックした。

「もしもし」

『ん？　なんだい、お嬢ちゃんか。竜児はどうした？』

電話の主は、大地だった。

「もう会社に行ったよ。電話、忘れていったみたい」

『そうか。あいつもそそっかしいねえ。それより、お嬢ちゃん、ずいぶん暗い声をしてるじゃないか。何かあったのかい？』

いつもと変わらない穏やかな声に、つい泣きついてしまいそうになる。大地は、そういう存在だ。

「……ううん、何もない。でも、竜児を傷つけたかも」

小さくそう言った未亜に、大地が五秒ほど沈黙した。それから、彼はなぜか楽しげに笑い出す。

「おじさん？」

『いや、すまないね。お嬢ちゃんが竜児を傷つけるとは、なかなかやるじゃないか』

「冗談じゃないんだよ。ほんとうに、わたしひどいことを……」

『人間は、生きてりゃ誰かを傷つけるものだ。誰にも憎まれずに生きていくだなんて、人の輪の中にいるかぎりできやしないんだ』

「……うん」

『それで、どう傷つけたのかは知らないが、あいつを傷つけたってお嬢ちゃんは反省してるんだろう？』

優しくそう尋ねられて、未亜はぶるっと身震いした。これ以上優しくされたら、泣いてしまう。けれど、自分には泣く権利なんかない。

「反省してる。それと、知りたいこともあるの」

だから。

未亜は、無知な自分を脱ぎ捨てるために言葉を選んだ。

『ほう、何を知りたい?』

ほんとうは、自分こそがいちばん竜児を知る人物でありたいと思うけれど、二十五年ものつきあいの大地には敵うまい。ならば、竜児本人がごまかして教えてくれないことを、大地に聞くのはさほどおかしなことではないはずで。

「竜児は……ヤクザなの?」

つとめて真剣に尋ねた未亜の耳に、先ほどよりも大きな笑い声が聞こえてきた。

『あっははは、こりゃいい。お嬢ちゃんが、そんなかわいらしいことで悩んでいたとはね』

「かわいくなんかない。ねえ、おじさん、教えて。竜児は、いつも違うって言うけど、ほんとうは金貸しをしているんでしょう? それって、ヤクザのやることじゃないの?」

さて、と大地が静かに言葉を紡ぐ。

心して聞かなくてはいけない。ひと言も聞き漏らさず、今知ることのできるすべてを知っておきたかった。

『お嬢ちゃん、蜆沢組って知ってるかい?』

「……知らない。それは、ヤクザの団体ってことだよね」

『ああ、そうさ。私はね、蜆沢組の若頭だ。長らくヤクザ者なんてやっていると、どんどん役職ばかりが上がっていやんなるねえ』

「えっ……!?」

未亜が問うたのは、竜児がヤクザかどうかという話である。しかし、大地がそのスジの者だとは想像もしなかった。竜児の知人は、たいていガラが悪いわりに気のいい男たちだけれど、その中でももっともヤクザと縁遠そうな大地が――

『だけど、竜児は違う。あれは、私がきちんと足抜けさせたんだから、間違いなくカタギだよ。背中にちょいと絵がある程度の、若いころにヤンチャしただけの男さ』

「だ、だったら、竜児が金貸しで、わたしの両親の借金を取り立ててたっていうのは……」

信じられない話ではあるが、大地が嘘をついているとも考えられない。彼は、いつだって未亜にわかるように、どんな質問にも答えてくれた。ときとして、煙に巻くようなところがあるのも事実だが、嘘をつく人物ではないのだ。

『ご両親のことか。あれは、ほんとうに不幸な事故だった。竜児は、あのころ私の下で働いていてね。まあ、言ってしまえば少々悪質な金貸しだったのは事実だよ。ただし、あの馬鹿は借金取りに行った先の柿原家で、お嬢ちゃんのご両親にほだされちまった』

「ほだされた……?」

『そうさ。自分とこで持ってた柿原名義の借金を、自腹で支払ったんだ。それから、他社が持っていた借用書も買い取ってね。お嬢ちゃんのご両親を救おうとしていたんだよ』

ああ、と未亜は声を漏らした。

竜児の優しさは、昔から何ひとつ変わってなどいなかったのだ。借金取りが借金を肩代わりするだなんて、その界隈に疎い未亜ですらわかる愚行だろう。

『だけど、買い取り損ねた借用書が、お嬢ちゃんのご両親を追い詰めたのも事実だろうね。竜児は、詰めが甘い。だから、お嬢ちゃんがご両親の死を竜児のせいだと思うなら、それは間違いじゃあないいんだ』

「違う！　わたしは、そんなこと思ってないよ」

『じゃあ、何かい？　ご両親には、ふたりを追い詰めたのと同じ仕事をしていた男を好きになったと、正々堂々言えるのかい？』

「それは……」

ごくりと唾を飲み、未亜はひと呼吸置く。

大地は、いつだってお見通しだ。未亜の気持ちなんて、とうの昔から気づいていたのだろう。あのレストランでの食事のときにも、わかっていて話していたに違いない。

「正々堂々、言えると思う。竜児がもし、今もヤクザだったとしても、わたしはあの人しか好きになんかなれない」

『ああ、朝からずいぶんとのろけてくれるもんだ』

「ち、違うの、おじさん。これはね」

『いいんだよ。おまえさんは、誰よりも幸せになる権利がある。いいや、幸せにならなきゃいけない。お嬢ちゃん、誰かの命を背負って生きるというのはそういうことだからね』

未亜がこの世に生まれてきたのは、両親がいてくれたから。あの事故を生き延びたのは、母が身を挺してかばってくれたから。そして、今ここで恋をして、愛する男と暮らしていられるのは、竜児がいてくれたから――

「……もし、お父さんとお母さんがわたしを親不孝者だと思ったとしても、幸せになったら認めてくれるかな」

『そうさね、それはいつか、おまえさんが親になったときにわかることかもしれないよ』

「そっか」

こらえていた涙が、ぽろりとひと粒落ちていく。

人が生まれてくるのは、そこに愛があるからだ。人が生きていけるのは、そこに愛してくれる誰かがいるからだ。誰もひとりでは生きていけない。

「ありがとう、おじさん」

『こちらこそ。朝酒でも浴びたいくらいに当てられたもんだ。今度、竜児をひやかしておかなきゃいけないねえ』

少し笑って、挨拶をかわしてから未亜は電話を切る。

もう迷いはなかった。

竜児がどんなつもりでも、未亜の気持ちは固まっている。過去、現在、未来。彼がどこでどんなことをしようと、未亜は竜児を愛しているのだと思い知った。

開け放したカーテンの向こう、六月の空は遠くまで青く広がっている。その空を見上げて、未亜は思う。

海棠竜児を愛している、と。


♪。+.o.+。♪。+.o.+。♪


自己嫌悪真っ只中の竜児は、私用のスマホを自宅に置き忘れてきたことにがっくりと肩を落とす。

ライフる本社ビルの最上階にある社長室で、彼は目も当てられないほどにひどい顔をしていた。

「社長、睡眠不足ですか?」

上半期の目標達成率について途中報告に来ていた鳴原が、怪訝な表情で尋ねてくる。

「ああ、いや、まあ、そうとも言う」

「……違うということですね」

なぜ、誰よりも愛しいあの娘に、あんなひどいことをしてしまったのだろうか。竜児は、自分の中に鬼がいることを痛感していた。

ＤＶだと言われても反論のしようがない行為をはたらいた。しかも、相手はまだ女になったばかりだというのに。慣れない体を容赦なく貫いて、さんざん突き上げた。

――もう俺は駄目だ。何が駄目だって、未亜がいない未来なんて考えられないところが駄目だ。

いっそ、仕事も引退してしまおうか。竜児は、そんな考えにとりつかれた。株を手放し、あとのことはすべて鴫原に任せて、未亜とふたりで田舎に引っ越す。流行のスローライフというやつだ。

未亜が男と食事をしてきたというのなら、相手はバイト先の人間だろう。二十一歳も年上の自分とは違い、未亜と年も近い男。顔も知らないその男のことを考えて、竜児はぎりと奥歯を嚙みしめる。

その男から引き離すには、やはり田舎に隠居するしかない。未亜はあれで、虫に怯えることもなく豪胆なところがあるから、どこでも生きていけそうだ。

――だが、その前に昨晩のことを謝罪して、ああ、待てよ。未亜がなぜ機嫌を損ねているのか、確認してからじゃないとまずいな。

「なあ、鴫原」
「なんでしょうか」
「俺な、引退しようと思うんだが、手続きは具体的に何をすればいい？」

有能な法務部部長は、手にしていたタブレットでカレンダーを表示する。それを竜児に突きつけて、にこりともせずに、

「御覧ください。エイプリルフールはとうに過ぎております」

と応じた。慇懃無礼《いんぎんぶれい》にもほどがある。だが、竜児はそういう鳴原が気に入っていた。

ツー、と電子音が聞こえて、社長室の前に机を置く秘書からの内線を知らせる。

「はい」

『社長、お約束のないお客さまがいらしております。いかがされますか?』

「名前は聞いたか」

『芹野えり子さまと伺っております』

その名を忘れるほど、竜児は耄碌《もうろく》していなかった。長きに渡り、金銭を送り続けてきた相手だ。そして、未亜の唯一無二の伯母である。

「……通してくれ」

『よろしいのですか?』

「ああ、知人だ」

『かしこまりました』

プツ、と内線が切れる。察しのいい鳴原は、報告の続きをすることは諦めて、片付けに入っていた。

「鳴原、さっきの話なんだが」

「ご心配なく。寝言に返事をするほど、私は野暮ではありません」

野暮ではなかったとしても、社長相手になかなかの物言いで、若き法務部部長は社長室を出ていく。

――やれやれ、あいつもどうしたもんかな。

それから数分と経たず、芹野えり子が秘書に案内されて社長室へやってきた。


♪。+.ｏ.+。♪。+.ｏ.+。♪


疲労が肩にのしかかる。若く見えるのは外見だけで、四十二歳の体は年齢相応にできているのだ。

えり子の突然の訪問に、いっそう疲弊した竜児が家に帰ると、二階のキッチンで未亜が「おかえりなさい」といつもどおりに声をかけてきた。

「あ、ああ、ただいま」

――待て！　昨晩あんなことをしたのに、なぜ未亜はいつもどおりなんだ!?

ここにきて、突如の休戦もしくは停戦状態に、竜児はたじろいだ。

キッチンからは、薄く昆布だしの香りが漂っている。疲れた体に、妙に染みる香りだ。

「……ごめんね、竜児」

謝罪は、未亜のほうが先だった。自分こそ謝らねばいけないと思っていた竜児は、慌てて キッチンに足を踏み入れる。

「待て。謝るのは俺のほうだ。すまなかった。昨晩はひどいことをした」

「ううん、あれは別にいいの。それよりも、わたしはずっと竜児に失礼な態度をとっていたから」

——って、いいので済ませられることじゃないだろうが！

心の声とは裏腹に、竜児は言葉を失う。

未亜が、微笑んでいた。

ただそれだけで、疲れ切った体と心が安らぐのを感じる。自分には、この女が必要だ。誰がなんと言おうと、たとえ未亜が嫌だと言う日が来ても、もう手放すことなどできそうにない。

「……駄目だ」

「え？」

エプロンをして、くつくつと煮える鍋を菜箸でゆるくかき回す未亜を、背後から抱きしめた。怖がらせないよう、力を加減するのも忘れずに。

「別にいいなんて言うな。おまえは、誰かに傷つけられていい存在じゃない。相手が俺だろうと、許しちゃいけないんだ、未亜」

「……竜児って、ときどきちょっとヘンだよね」

彼女は、怯える様子もなく笑う。菜箸を持った右手を、口元に添えて振り返った。

「それより、疲れたでしょ？　昨晩、睡眠不足だったんじゃない？」

「あ、ああ」

「スマホも忘れていったでしょ。お昼、ちゃんと食べられた？」

今日の未亜は、昨晩までとは別人のように見える。今まで、彼女は何度も「子ども扱いしないで」と言っていたが、その言葉に子どもっぽさが見え隠れしていた。

それが、まるで蝶が羽化したかのように、子どもらしさを脱ぎ捨てて大人の女の顔をして笑っている。

「竜児は、疲れるとすぐ胃腸にくるから。今夜はお腹に優しく、卵とじうどんだよ。うがいと手洗いしてきてね」

「……ありがとう、助かる」

言いたいことはもっといくらでもあるはずなのに、竜児はそれしか言えずにキッチンをあとにした。

スーツのジャケットとベストを脱ぎ、ネクタイを緩めて洗面所の鏡を覗き込むと、狐につままれたような顔の四十男がこちらを見ている。

——あれは、ほんとうに未亜だよな。

うがい、手洗いに加えて、竜児は冷たい水で顔も洗う。それでもまだ、現実味がない。女は化ける、とはよく聞く言葉だ。男子三日会わざれば刮目して見よ、とはたしか三国志演義だったか。

だが、二十四時間でこんなにも変わるだなんて、いくらなんでも対応に困る。

「……参った」

未亜は、竜児にとって理想の女だった。そして、羽化した未亜もまた理想の女であり続ける。結局のところ、自分は芹野未亜という女に心底惚れていて、彼女がどう変わろうと気持ちは揺らがないということだけがわかった。

「竜児、まだー？」

「今行く」

洗面所を出る前に、軽く両手で頰を叩く。

今一度、未亜に謝罪するつもりだった。彼女がそれを望まずとも、竜児のけじめである。

昆布だしの卵とじうどんには、よく煮込んだネギが入っていた。表面に軽く焼き目をつけてから煮たらしく、歯を立てると香ばしさと同時にジュワッと汁が染み出してくる。五臓六腑に染み渡るとは、よく酒に用いられる言い回しだが、今の竜児は未亜の愛情が全身に巡ってていく気がした。

うどんを食べる竜児を見つめて、幸せそうに目を細める彼女。

——ところで、おまえの抱えていた問題は解決したのか？

「体はつらくないか？」

心と口で、別のことを尋ねる。

どちらも気になるには違いないが、未亜が自分から言い出さないうちは彼女の悩みも逡巡も決断も彼女だけのものだ。それを尊重したい。どんなに愛しく想っていても、ふたりは別個の人間だと竜児は理解している。

「竜児、けっこう心配性だよね」

「おまえは、見た目より心が頑丈だが体はそうじゃないだろう」

「健康優良児だったたって、知ってるでしょ？」

自慢げに胸を張る未亜の、小さな小さな嘘を竜児は見抜いている。

——ああ、知っているよ。両親の命日近くなると食が細くなることも、俺に心配をかけさせまいと無理に食べていたことも。

「そうだな。おまえはいつも、元気いっぱいだった」

「……竜児？」

食べ終えて、遠い目をした竜児に未亜が小首を傾げる。

思い出すのは、階段でひとりじゃんけんをしていた少女の、ぴょんぴょんと揺れるツインテール。なぜあんな遊びを何時間も続けていられるのかと思ったが、四歳の未亜は玩具や遊び相手がいなくても楽しそうだった。幸せそうだった。彼女はいつだって、生命力に満ちあふれていた。

未亜という存在のすべてを貰い受けることはできないけれど、彼女の人生に寄り添いたいと強く願う。

あのひとりぼっちだった少女に、これからもそばにいると誓いたい。

いや。

竜児のほうが、未亜を求めて止まないのだ。

「ずっと、おまえに言っていなかったことがある」

「うん」

「俺の仕事についてだ」

箸を置いた竜児に、未亜が瞬きだけでうなずく。

こういうとき、彼女はとてもカンがいい。いつもの冗談を繰り出したりはせず、静かな瞳で竜児の言葉を待っている。

「……もともと俺は、とある組に関連する金貸しの雇われ社長だった」

今の職業そのものより、過去の自分を語ることで、未亜にどう思われるか。幼かった未亜の家には、ヤミ金の取り立てが追い込みをかけていたはずだ。彼女の記憶にも、それは残っているだろう。

「おまえの父親と出会ったのも、借金の取り立てがきっかけだ。だが、誤解しないでくれ。貴彦は、ヤミ金で金を借りるような馬鹿じゃない。あいつはお人好しで、世話になっていた工場の経営者に騙されて連帯保証人になっただけだった。それが返済されないままに日が経ち、当人も知らないところで膨大な負債になった」

「……そうだったんだ」

神妙な顔で、未亜が小さく相槌を打つ。

自分のことよりも、彼女の優しかった父親のことを誤解されたくなかった。竜児にとって、柿原夫妻は希望だった。憧れだった。認めたくはないが、自分も道を踏み外さなければ、あんな温かい家庭を築けたのかもしれないとさえ思わされた。

「俺は、その取り立てでおまえの父親と出会った。だが、騙されて連帯保証人になっただけなのに、おまえの父親は自己破産を選ばず返済をしようとしていた」

自己破産は、債務者の権利だ。

それでなくとも、借金のうち一円すら貴彦の手元には入っていない。ならば、さっさと自己破産をしていてもおかしくなかったのに、彼はそうしなかった。

堅実に働いて、正しい金利で返済をしようとしていた未亜の父親の話をすると、彼女は少しだけうつむく。立派な人物だった。けれど、少しだけ優しすぎてお人好しすぎた。そんな貴彦を思い出しているのかもしれない。

貴彦の借用書を他社から買い取り、なんとかして背負った借金から解放してやりたかったこと。

しかし、自分の詰めが甘かったせいですべての借用書を回収しきれなかったこと。

そのため、悪徳業者の追い込みで柿原一家が夜逃げしなければいけなくなったこと――

順番に語る竜児に、未亜はただ黙って耳を傾けている。

「おまえを引き取ることになって、俺は組との関係をすべて断った。そうしないと、おまえの両親に申し訳が立たないと思ったからだ」

しばらく黙り込んでいた未亜が、ゆっくりと口を開く。

「だけど、竜児のせいじゃなかったよね」

「……どうして、そう言える？」

「だって、竜児は悲しんでいるもの。わたしの両親が事故に遭ったことを、今でもまだ自分のせいだと思って苦しんでいるんだもの」

ほっそりとした白い手が、テーブルの上の竜児の手に重なった。

「誰かを助けるのって、きっととても難しいことでしょう？　竜児は、精一杯がんばってくれた。きっとお父さんもお母さんも、そんなことわかっていたと思うよ」

悲しいくらいに優しい声に、竜児のほうが言葉を失った。

――そんなこと、なぜわかる。おまえはあのとき、まだ四歳だった。両親が俺を恨んでいなかったと、どうして言い切れる？

彼の心を察したように、未亜が微笑む。

「だって、夜逃げするときにお父さんとお母さんは竜児に連絡しなかったんでしょ？」

「あ、ああ、それはそうだが――」

竜児にすれば、それこそが彼らにとって自分が信用に値しない人間だった証拠のように思えていた。もし、助けを求めてくれたのなら、もっといい方法を考えられたはずだ。どうにかして助けてやれたかもしれなかったのに。

「大事な友達だったから、竜児にもう迷惑をかけたくなかったんだと思う」

「…………」

「わたしだったら、きっとそう。大好きな竜児に迷惑をかけるくらいなら、自分がつらいほうがいい。わたしのお父さんとお母さんも、竜児がそれまで助けてくれたことに感謝していて、これ以上迷惑をかけられないって思ったんじゃないかな」

重なる白い手を、竜児のほうから握り直す。

彼らが遺したひとり娘を、自分は大切にしてこられただろうか。誰よりも幸せにしてやれただろうか。そしてこれからも――未亜を幸せにしていけるだろうか。そんなことを自問して、竜児はふっと息を吐いた。

「おまえは、俺が幸せにする」

問い続けるのは、答えを出せない間だけでいい。

不安や疑念に駆られるよりも、彼女を幸せにすると決断するほうがよほど自分らしいと思える。

「うん、わたしはちゃんと幸せだよ。だから、竜児のことも幸せにするね」

娘といってもおかしくない年齢の未亜が、嬉しそうに首肯した。それだけで、竜児が幸せになることを彼女は知らない。なにせ、幸せを感じていても竜児の強面はそうそう簡単に崩れないからだ。

「金銭的なことも、心配しないでいい。俺は、おまえを引き取ったときにそのスジと関係のある仕事をすべて断った。今は、消費者金融会社をやっている」

「ずっと勘違いしていたけど、竜児はヤクザじゃないってことだよね」

「そのとおりだ」

――実際、何度も否定してきたわけだが。

今の仕事を語らなかったのだから、未亜が誤解しても仕方がないだろう。

「その会社というのが、おまえもたぶん名前は知っていると思うんだが、『ライフる』だ」

「……ええっ？」

ここまでずっと聖母のような微笑みを浮かべていた未亜が、目をまん丸く見開いた。

驚かせたいわけではなかったが、その表情に竜児としては満更でもない。やはり、未亜にはまだまだ大人になりすぎてほしくない気持ちがある。

「待って、『ライフる』ってテレビでコマーシャルとかいっぱいしてる、あの……?」

「あの『ライフる』の社長だ」

「しゃっ……社長……っ⁉」

「だから、おまえは何も心配しなくていい。俺が——」

一生、面倒を見てやる。

そう言おうとした竜児の言葉を、未亜が遮る。

「社長なのに、鳴原さんがいないと会社に行かないなんて部下からどう思われてるか、逆に心配なんだけど！」

ああ、と竜児は胸の内で喜びに似た呻きを漏らした。

これでこそ、いつもの未亜だ。

それでこそ、竜児の愛した未亜だ。


♪。+.ｏ.+。♪。+.ｏ.+。♪

「仲直りには、スキンシップが必須だろ」

風呂の湯張りが終わったとたん、竜児が未亜を誘う。

「もう、仲直りしたよ」

「まだ足りない。未亜が応じてくれないなら、俺は一晩中謝り続ける覚悟がある。言葉が足りないなら、体で謝るつもりだが？」

なんともおかしなことを言い出した竜児に、笑いをこらえられなくて。

「つまり、一緒にお風呂に入りたいってこと？」

「物わかりのいい女だ。好きだよ、未亜」

結局、ふたり揃ってバスタブに浸かることになったわけだが。

「……竜児、待って、ここお風呂だから……っ」

年の差があろうとなかろうと、恋人同士が仲良くお風呂ですることは決まっている。

「ああ、風呂だ。だから、しっかり洗ってやらないとな。昨晩、無体なことをした。俺はおまえの体に謝罪する必要があるんだ」

ボディソープをたっぷりと泡立てて、竜児が未亜の体をくまなく洗うものだから、冷静ではいられない。そもそも、竜児は謝罪という免罪符を手に、未亜を感じさせて愉しんでいるだけなのではないだろうか。

――愛されてるのは、嬉しいんだけど……

「やっ……そこ、駄目、んんっ……」

泡ですべりの良くなった両手が、未亜の乳房を持ち上げては落とす。そのたびに、先端が甘くこすれて疼きが止まらなくなってしまうのだ。

「何が駄目なんだ？」

「だって……そんなにされたら、気持ちよくなっちゃう……っ」

「いくらでも気持ちよくなればいい。それでこそ、俺も謝罪のしがいがある」

「それ……っ、謝罪と関係ない……っ、あ、あっ！」

バスルームに響く甘い声が、淫靡さを増していく。さんざん泡で弄んだのち、竜児はシャワーで未亜の体を流し、脚の間に顔を埋めた。

「っっ……、待って、そんなにしたら、洗った意味が……」

「シャワーのあとじゃないと、未亜は舐められるの嫌がるだろ」

言っていることに間違いはないのだが、だからといってバスルームでしなくともいいではないか。

バスタブに腰かけて、未亜は竜児の肩に両手をつく。泡を洗い流しても、濡れた場所ではバランスを崩したら転んでしまいそうで不安になる。

「どんどんあふれてくる」

シャワーの湯とは違う、トロリとした媚蜜を舐めて、竜児が艶冶な笑みを浮かべた。

「竜児が、な、舐めるせい……っ」

「だったら、もっと舐めてたっぷり濡らしてやらないとな。未亜のここは狭いから、突かれるのも苦しいだろうし」

体勢のせいか、昨晩の激しい腰使いを思い出し、未亜はかあっと頬を染める。もとよりお風呂でうっすらと赤くなっていた肌が、いっそう色香を放った。

「だ、駄目、それ以上されたら……」

「イキそうか？」

彼の言葉にコクコクと首を縦に振って、未亜は必死に竜児を引き剝がそうとする。けれど、達しそうだと知って解放してくれるほど、竜児は甘くなかった。

「未亜のイク顔を、俺に見せてくれ」

「もう……っ！　何度も見てるくせに、なんで今……⁉」

「何度だって見たいに決まってる。それだけ、俺はおまえに惚れ込んでるんだからな」

甘言に唆されたわけではないけれど、みだらな舌使いに翻弄されたのは事実だ。未亜は、せつない声をあげて達すると、くたりと竜児にしなだれかかった。

「……やっぱり駄目だ。こんなにかわいい女、誰にも渡せない。俺だけのものだ、未亜」

耳元で、かすれた声がする。

甘い睦言《むつごと》にも聞こえるけれど、それは看過できない発言だ。

「ちょっと待って」

未亜は、顔を上げて竜児を睨みつける。聖母モードは、存外早く終わりを迎えた。

「何それ、どういう意味？　竜児はわたしを誰かに譲渡でもするつもりなの？」

「そんなことできないって言っている。たとえおまえの血縁者が望んでも、未亜を手放すなんて俺には――」

「血縁者って何。どこからそんな話が出てきたの？」

バツの悪い表情で、竜児が目をそらす。これは、何かを隠している。間違いない。

「おまえの伯母さんが、会社に来た」

「……それってもしかして、えり子伯母さん？」

「ああ、そうだ」

竜児の語るところによれば。

芹野えり子が、本日アポなしで竜児の会社に訪問してきたのだという。しかも、未亜は知らなかったのだが、彼は二十歳の誕生月まで毎月十万円をえり子に支払ってきたそうだ。

「竜児は、わたしの養育にかかるお金を全部負担してくれていたんだよね？」

「……まあ、そうなるな」

「その上、わたしを育てるために伯母さんにお金を渡していたっていうこと？」

さらに驚くべきことに、えり子は月々十万円の支払いがなくなってから金に困っていると言い出し、未亜を引き取りたいと一方的に告げたそうだ。その上、未亜を返さないのならば追加の支払いを求めたらしい。

「〜〜〜っっ、あの伯母さん、頭おかしいんじゃないの!?」

「未亜、そんな言い方をするな。あれでも、おまえの数少ない血縁者だ」

「だからって、血がつながっていたら何をしてもいいわけ？　しかも、二十歳も過ぎてから引き取りたいって何よ！」

先日、えり子が職場に偶然やってきたときのことを思い出し、ますます苛立ちが増す。

「知ってるの、竜児？　あの人はね、わたしを知り合いの農家の息子の後妻にって、見合いを持ちかけてきたんだよ」

それは、一緒にランチを食べたときのこと。

さんざん息子の嫁たちの愚痴を言ったあとで、えり子は未亜に「いい縁談があるのよ」と言い出した。おそらくは、その話をするために未亜に恋人がいないか探ったのだろう。

──わたしが恋人の有無について答える前に、勝手に結論づけていたみたいだけど。

「……縁談だと？　しかも、後妻とはどういう意味だ」

「どういうも何も、そういう意味だよ。伯母さんちには娘はいないから、わたしをその金持ちの農家の後妻として差し出したいって」

「ふざけるな！」

「それも、バツ2で竜児より年上の人だよ。これまで放っておいて、今さら突然伯母さんの家のために会ったこともない相手と結婚しろなんて、そんなことを言う人なんだよ⁉」

「だったら——」

湯気の立ち込めたバスルームで、竜児が鋭いまなざしを向けてくる。

「だったら、俺のほうがマシじゃないか。なあ、未亜。俺と結婚するほうがいいだろう？」

ムードなんてないけれど、それはプロポーズによく似ていて。

未亜は、竜児の頬を両手で挟む。

「今さらだよ、竜児」

湿った唇に、ちゅっとキスすると、彼の目を覗き込んだ。

「わたしは、ずっと竜児といるってとっくに覚悟ができてる。竜児が嫌だって言っても、そんなの聞かない。恨むなら、こういう性格に育てた自分を恨んでね」

未亜の言葉に、竜児が面食らった表情でしみじみと言う。

「おまえは、ほんとうにいい女に育ったんだな」

「そんなの知らない。だって、わたしの世界は竜児でいっぱいなの。さっきのがプロポーズじゃなかったとしても、この先一生結婚なんかしないって言われても、ずっと竜児から離れないから覚悟してよ？」

言いたいことを言い放つ唇に、竜児が強引にキスをかぶせてくる。熱い舌で口腔を弄《まさぐ》られ、いったんは引いたはずの熱が熾火に引火した。

「望むところだ」

「……竜児？」

「おまえは、俺の女だって言ってるんだよ。結婚なんて、こっちは喜んでするに決まってるだろうが。いいか、俺はずっとおまえがほしかった。おまえのすべてがほしかった。十七年、ずっとおまえだけを見てきたんだぞ」

力強く屹立した楔が、未亜の入り口をつついてくる。ここはバスルームで、当然ながら避妊の準備はない。

「結婚してくれ、未亜」

「りゅ……あ、あっ……！」

昨晩とは違う、甘い熱。

竜児の体の一部が、愛情を伴って未亜を穿つ。たっぷりと濡れた隘路が、怒張にしがみつくのがわかった。

「俺と結婚してくれ。いや、結婚しよう。違うな。結婚しろよ」

「そんなに連呼して、安売りしないで！」

未亜が笑うと、竜児は片眉を上げて腰を打ち付けてくる。

「んっ……！」

「安売りの俺は買う気にならないか？」

そんなわけがない。竜児に値段などつけられるはずがないのだ。

「あ、竜児、やぁ……んっ！」

「ほら、返事はどうした？　未亜、俺と結婚するって言えよ」

「す、する、するから……っ」

不自然な体勢で突き上げられて、未亜は必死に竜児の首にすがりつく。

普段と違う角度で、奥をトントンとノックされるたび、全身が震えるほどの快感が襲いかかってきた。

「いい子だ。おまえは、俺の嫁になるんだからな。今夜からは、遠慮しない」

「……望むところ、だよ」

最後の強がりに、竜児が未亜を強く抱きしめる。

「言ったな？　はっきり聞いたぞ」

「っちょ、待って、竜児、何を――」

未亜の臀部に手を回し、彼はつながったままで立ち上がった。

「ひぅ……っ……ん！」

子宮口にめり込むほど竜児が深く突き刺さり、未亜は頭を揺らして快楽を逃そうとする。

しかし、プロポーズ直後の竜児はそれを許さなかった。

「望むところなんだろう？　だったら、ここじゃ駄目だ。本領発揮するには、寝室のほうがいい」

「待っ……、竜児、無理すると……」

腰にくるよ、と言った未亜を、見くびるなとばかりに竜児が歩きながら突き上げる。

――信じられない！　どんな体力なの⁉

「俺がなんのためにジムに通ってると思う？」

少なくとも、それは未亜をこんなふうに抱くためではないだろうに。

「りゅ……」

濡れた体をものともせず、竜児は三階へと階段を上りはじめた。

一段、一段。

竜児が脚を踏み出すたびに、未亜の奥に刺激が走る。

「やぁ……っ……、駄目、これ駄目なの……っ」

「おっさんの体力を舐めてくれるなよ？　まだまだこんなもんじゃないからな」

深々と串刺しにされて、もう頭の中が真っ白になったころ、やっとベッドに到着した。

いつもの竜児のベッドではない。ごく普通のシングルベッドは、未亜の寝室のものだ。

「なんで、こっち……？」

「おまえのベッドで、おまえを抱くんだよ。未亜、今夜は――」

中に、出すから。

耳元で、ひどくかすれた声が告げる。

彼の声ひとつで、蜜路がいやらしくうねるのがわかった。

「結婚するとなったからには、俺も早々に子どもがほしい。四十二歳だからな、今から仕込んでも産まれるころには四十三か」

「りゅ、竜児、あの……」

もう一度、「望むところだよ」とは言えそうにない。さすがにそれは、未亜だって恥ずかしくて。

だが。

それより、嬉しい気持ちのほうがずっと強かった。

「……竜児が、全部わたしの中に出してくれたら、嬉しい……」

心からの言葉を口にして、未亜は愛しい男にぎゅっと抱きつく。隘路を内側から押し広げる劣情が、ひときわ大きく膨らんだ。

「んっ……、ま、また大きくなった……!?」

「おまえが煽るせいだろうが」

クックッと笑った竜児が、ぐんと腰を引く。その動きに、未亜の粘膜がひりつくほどに感じている。

「――行くぞ」

「来て、竜児……」

いつもは、未亜がひとりで眠るベッド。

そこに今は、竜児が一緒にいる。未亜の上にいて、未亜を抱きしめていて、未亜の中にもいてくれる。

「あ、あっ……、竜児、すごいの……っ」

「イイ声だ。その声で名前を呼ばれると、腰が止まらなくなる……っ」

未亜もベッドもまとめて破壊しそうな勢いで、竜児が激しく腰を打ち付けてくる。粘膜と粘膜がこすれ合い、腰と腰がぶつかって、上も下もなくなっていく。

年齢差も、身長差も、ベッドの上では関係ない。ただ、愛し愛されるだけのふたり。

「もぉ……、イッちゃう、もうイクの、竜児、駄目ぇ……っ」

「イケよ。俺がイクまでに、未亜が何回達するか数えてやるから」

「やだ、やぁ、あ、あああ……っ」

一度目の果てを迎えて、未亜の快感がぎゅっと凝縮される。竜児を咥えこんだまま、蜜口がひくひくと痙攣した。

太い根元の部分を締めつけられ、竜児が小さく呻く。

「ハ……、ずいぶん締める」

「りゅ……じ……」

「ほら、口開けろ。キスしながらイケよ」

達したばかりだというのに、彼は容赦なく未亜を欲した。唇も、隘路も、同時に竜児を受け入れている。

「んん、ん……っ……！」

「イッたばかりのおまえの中、いやらしく絡みついてくる」

「やぁ……あ、あっ……駄目……っ」

狭まったところに激しく抽挿されて、未亜の体は早くも二度目の果てを予感していた。

「イキ癖、つけてやるよ」

ハスキーボイスが、この上ない甘さでみだらにささやく。

「そ……んなの、困るっ……」

「困らないだろ。未亜を仕込むのは、俺だ」

体の中から、振動と淫靡な蜜音が響いてくる。腰を揺らしても逃れられない情動に、未亜は必死ですがりついた。

彼が与えてくれるものならば、なんだって嬉しい。

竜児を愛している自分が、今ここにいる。

「あ、もう……っ」

「キス、逃げるなよ」

達しかけた未亜を、強引なキスが追いかけてくる。舌を絡ませたとたん、腰の奥が弾けるような感覚に襲われた。

「〜〜〜っっ、ぁ、ぅ……っ！」

しかも、二度も達したというのに竜児は腰の動きを止めてくれない。

「んーっ、ん、んぅ！」

ドンドン、と彼の腕を叩く。それでも、加速する律動が未亜を追い詰めていく。

——駄目、こんなの、頭おかしくなっちゃう！

「愛してる、未亜」

狂おしいほどの情熱で、竜児が深奥を穿つ。

「竜児、竜児ぃ……っ」

涙声で名前を呼ぶと、彼はきつく未亜を抱きしめた。

「ああ、たまらないな。ずっと、おまえを汚すのが怖くて中に出せなかった。だけど、今夜は——」

快楽に酔いしれて、竜児の白濁を求める子宮がぐっと低い位置まで下りてきている。一度目よりも二度目よりも、いっそう激しい絶頂が未亜を待ち受けていた。

「竜児……っ、気持ちいいの、よくて、おかしくなる……っ」

「ああ、おかしくなればいい。俺はもうとっくに、おまえに狂ってる」

子宮口を、竜児の切っ先がぴったりと塞いでいる。もう、この先はない。ここがもっとも深い愛の場所。

「──あ、ああ、あ……っ！」

「未亜、未亜……っ」

つながる体が、ひとつになるほど強く抱きしめ合った。竜児の雄槍が、ポンプのように根元から先端にかけて愛の証を運ぶ。

──初めて、だ。

未亜は、この男が自分を抱きながら達する姿を初めて見ようとしている。

二十一歳も年上で、いつだって余裕があって、未亜を手のひらの上で転がしてしまう竜児。彼の切羽詰まった声が、未亜の体の奥深くに響いてくる。

感じる声さえも、ハスキーで。

いつにも増して、淫靡な竜児の声に心も体も感じきってしまう。

「っっ……竜児、好き……」

「俺もだ。おまえだけを愛してる……」

どくん、と体の中に何かが放たれた。

脈動は、どちらのものかわからない。飛沫《しぶき》を上げる白濁に、未亜の体は甘く蕩けていく。

嬉しいと言ったら、いやらしい女だと思われるだろうか。

だが、未亜は自分の中に愛する竜児のすべてを注がれる喜びを嚙みしめていた。

嬉しくて、嬉しくて、泣き出してしまいそうなほどに嬉しくて。

「竜児、竜児ぃ……、すごいの、気持ちいいだけじゃなくて、幸せなの……」

竜児が、ぶるっと頭を軽く振った。彼もまた、快感に震えているのかもしれない。

「っ……ハ、そんなに搾り取るなよ」

薄く笑った唇が、眦に触れた。まだ、竜児は吐精の最中だ。

「そっ……んなこと、してな……っ」

「だったら、無意識か。いくらでも、出してやるよ」

射精の途中でもなお、彼は腰を振った。

「あっ……あ、駄目、駄目ぇ……っ」

「ちなみに、一度で終わるとも言ってないからな。俺の愛をたっぷり味わってもらう」

悲鳴をあげるのは、未亜か。それともシングルベッドか。

少なくとも、それが竜児ではないということだけが確かな夜。

終わらない快楽に、未亜は目を閉じて。

「愛してる、竜児……」

声が嗄れるまで、彼の名前を呼び続けた。

エピローグ

「芹野さん、来月のシフト希望表、出してないよ」

開店前のブックカフェ『ファルドゥム』で、店長の桐子にそう言われて、未亜はエプロンのポケットに入れていた希望表を取り出した。

「すみません、提出を忘れてました」

すっと差し出すその手に——左手薬指に、愛らしい花のモチーフのダイヤモンドが光っている。

「えっ……!? ちょ、ちょっと待って、芹野さん、それ……!!」

目ざとく気づいたのは、二階堂。

彼は未亜の手に視線を固定し、瞬きすら忘れてしまったようだった。

「婚約しました。それで、来月入籍するので両親の墓参りに行きたいんですが、連休をいただいてもいいですか？」

　婚約相手は、もちろん海棠竜児だ。

　十七年間片思いし続けた男は、未亜の保護者から夫へとクラスチェンジを予定している。

「いいよ、何日くらい？」

　平然と答えるあたり、さすがは桐子。クールな美女は、こんなときでも冷静だ。

「いやいやいや、ありえないからっ！　芹野さん、まだ二十一だよね⁉　何、ちょっと待って、もしかしてデキ……」

　動揺しっぱなしの二階堂に、未亜はにこりと微笑みかけた。以前なら、「二十一で婚約したら法に触れますか？」くらいのことも言ったかもしれないが、今の彼女は違う。

「できたら、十二日から三連休をお願いしたいんですけど――」

「わかった。その分、二階堂くんに補ってもらおう。よろしくね」

「ご迷惑をおかけします」

　ぺこりと頭を下げた未亜に、一斉に拍手が沸き起こった。

　おめでとうの声が、シャワーのように降り注ぐ。

　ありがとうと言った未亜の声は、「嘘だああああ」と叫んだ二階堂にかき消されて。

「はい、それじゃ開店準備。二階堂くんは、いい加減落ち着いて。ほかはいつもどおり、よろしくね」

「はーい」

この店は、店長の厳選した本と味わい深いコーヒーを好む客たちの憩いの場。『ファルドゥム』とは、ドイツ人作家ヘルマン・ヘッセの短編小説集『メルヒェン』に収録された一編のタイトルだ。

その街には、幸せがあふれている。

その街の祭では、願いが叶う。

そして、やがてその街も滅びを迎える。

残るのは、瓦礫のみ。

けれど、そこにはたしかに幸福があった。誰もが喜びに頬を紅潮させていた。すべてが消えてなくなるその瞬間まで。すべてが移ろい、何もかもが失われてしまっても、かつてそこには幸福があったのだ――

そんな名前のブックカフェがオープンした三年前、未亜は偶然オープニングスタッフとして働きはじめた。

そして、結婚して海棠未亜になったのちも働き続ける予定である。もしかしたらシフトは少し減らしてもらうかもしれないけれど、まだしばらくは働いていたい。

『社長夫人になるっていうのに、欲のない女だな』

竜児が、そう言って笑ったのを思い出す。

――欲なんかありすぎるくらいなのに。だってわたしは、どんなにお金を積んだって手に入らないものを手に入れたんだよ。

海棠竜児という、愛する男と生きる未来。

それだけが、未亜の求めたものだった。


アルバイトを終えて、未亜は『ファルドゥム』をあとにする。帰り際、桐子から「気をつけて帰るんだよ、婚約初心者ちゃん」と声をかけられた。どこか歯がゆくて、なんとも言えないくすぐったさ。

店を出た未亜は、コインパーキングへ向かう。待っているのは、竜児の車だ。

「ただいま。待った？」

「いや、先に区役所に行ってきたから、今ついたところだ」

「じゃあ、パーキングもったいなかったね」

助手席に乗り込んだ未亜がシートベルトを締めると、竜児がこめかみに軽くキスをしてからエンジンをかける。

「なあ」

「うん？」

「区役所に行った理由は、聞かなくていいのか？」

そんなこと、聞かなくたってわかっていた。

未亜は、ふふっと笑ってから「どこにあるの？」と尋ねる。

「コンソールボックス」

短い答えに、そこを開けてみると——

「わあ、初めて本物見た」

婚姻届を手に、未亜は左手の指輪を眺めた。

「これで、もう完全に逃げられなくなったな」

大好きなハスキーボイスが、そう告げる。

未亜はくるりと大きな目を竜児に向けて、いたずらな笑みを浮かべた。

「竜児が？」

年上の婚約者は、肩をすくめて目を細める。

「ああ、そうだよ。俺がだ。おまえに捕まったのは、人生最高の不覚だろ？」

「不覚はひどいんじゃないかな」

「だったら、なんて言うのか教えてくれよ」

「んー……」

しばし考え込んでから、未亜は小さな声で言った。

「ファルドゥム、かな」

「なんだそりゃ」

車は、阿佐ヶ谷へ向かって走る。

ふたりの家に。

ふたりだけの、幸せの家に。

番外編　Love to love

ヒグラシの鳴き声が、抜けるような青空の真下に響いている。

長い階段を上る途中で、未亜はふと足を止めて右手でひさしを作り、頭上に広がる空を見上げた。

——東京と同じ空のはずなのに。

山深い寺を目指す道中には、空を区切るものが何もない。高いビルも、マンションも、電線の一本もなく、どこまでも空だけが広がっているようだった。

「未亜、疲れたか？」

心配そうに振り返り、竜児が声をかけてくる。

「ううん、だいじょうぶ。ただ、空の印象がぜんぜん違うから見とれてた」

九月十二日。

アルバイトの連休をもらった未亜と、仕事を休んだ竜児は、山梨県にある未亜の両親の墓参りに来ていた。

「そうか。おまえは東京生まれ、東京育ちだからな」

「竜児だってそうじゃない」

「俺が子どものころは、東京だって今とは違ったんだよ」

耳に心地よいハスキーボイスが、低く笑い声を響かせる。

考えてみれば、竜児とは十七年間も一緒に過ごしてきたのに、ふたりで旅行をしたことがなかった。そういう意味では、やはり普通の『家族』ではなかったのだろう。

「未亜」

名前を呼ぶ彼が、ミネラルウォーターのペットボトルを差し出してくる。

「ありがとう」

それを受け取ると、未亜はふた口ほど飲んでからふたを閉めた。

残暑の日差しは、石段を熱する。立ち止まっていると、足の下からジリジリと焼かれるような熱を感じた。

「あと少しだ。がんばれるか?」

「もちろん。竜児こそ、無理しないでね」

「俺の体力を見くびるなよ。なんなら、寺までおぶっていってやってもいいぞ」

「……腰に響くよ？」

四十二歳と二十一歳の年の差カップル——とは言うものの、数カ月前までは父親代わりと庇護者だったふたり。

一緒にいることには慣れているのに、恋人らしい会話ややり取りには、ときどき気恥ずかしさを覚えてしまう。

石段の先の寺を目指し、また上りはじめた未亜に、竜児が黙って手を差し伸べた。

——そういう、ちょっと無骨な優しさが好きだよ、竜児。

声に出さず、彼の優しさを噛みしめて。

未亜も黙って、彼の手を取る。

ヒグラシの声に混ざって、竜児の息遣いが聞こえていた。それが、まるで夜のベッドで聞く浅い呼吸に似て感じて、未亜はなんとなしにうつむいた。

左手の薬指にはふたりで選んだ指輪が光っている。全体に施されたファセットが、美しい陰影を作るリングだ。竜児のは少し幅広で、未亜のはダイヤモンドが埋め込まれている。

「この階段、上りよりも下りのほうが危なそうだな」

石段を上り終えると、竜児がそう言った。

たしかに。

手すりもない、凹凸のある古い石段は下りも気を抜けない。

「じゃあ、帰りも手をつないで下りよう」

提案した未亜に、竜児が片眉を歪ませる。

「俺が足を踏み外したらどうするつもりだ。おまえまで巻き添えになるんだぞ」

「いいよ。竜児とだったら、一緒に落ちる」

「馬鹿なこと言うな。そんなこと言ったら、両親が泣くだろうが」

手にした仏花を、生ぬるい風が揺らした。

それでもいいんだよ、と小さく声に出した未亜の頭に、竜児が手を置いた。

いつもと同じふたりなのに、いつもとどこか違って感じるのは、東京を離れたからだけでは説明がつかない。

未亜の両親の墓参りに来たという事実に、お互い思うところがあるせいだろう。

竜児はおそらく、未亜の両親を助けられなかったことを今でも悔いていて。

未亜はそんな彼の気持ちを、感じ取ってしまう。

両親と竜児の過去話を聞いて以来、何度も竜児のせいではないと言った。実際、竜児は両親を助けてくれたのであって、恩義はあれど恨みなどひとつもない。それでも彼は「そうだな」とか「ありがとな」とか、軽く笑って流すばかりだった。

結婚の報告に——と、やってきた墓参りではあるけれど、未亜としては両親の墓前で竜児の苦しみが少しでも軽くなってほしいと願う面もある。

「——お参りですかな」

唐突に、住職と思しき男性に声をかけられた。

「はい。ご住職さまででしょうか」

こういうとき、竜児が大人だと強く感じる。未亜は知らない相手に話しかけられるのが苦手で、なんとなく腰が引けてしまう。けれど、竜児は仕事柄そうもいかないのか、きちんと年齢相応の会話ができる。

——まあ、きっとそんなの竜児からしたら、わたしができなすぎって思うんだろうけど。

「暑いところ、ご苦労さまです。仏さまもお喜びでしょう」

「なかなかお参りに来られず、ご挨拶が遅れました。私《わたくし》、海棠と申します。柿原家の供養の件では、お助けいただきありがとうございます」

ぴしりと四十五度のお辞儀をした竜児が、住職に何かを差し出す。見れば、それは奉書《ほうしょ》紙《がみ》に包んだ御回向料《ごえこうりょう》だった。

「あなたが海棠さんでしたか。それはそれは、毎年お心付けをありがとうございます。柿原家のお墓まで、よろしければ案内しましょう」

——供養の件って何？　それより、毎年心付けって、竜児はずっとお父さんとお母さんのお墓のこともやってくれていたの？

柄杓《ひしゃく》と手桶を借りて、住職の案内で両親の墓へ向かう。墓石の横にはふたり分の名前しか書かれていない。父は家族と縁がなく、施設で育った。母は母で、父と結婚するために駆け落ちした。

「……このお墓、竜児が建ててくれたの？」

住職が去ってから、未亜は静かに尋ねる。

「貴彦の親戚を探すことも考えたんだが、あいつはそんなこと望まないかもしれないからな。おまえの伯母さんは、未来さんだけなら実家の墓に入れてくれると言ったが、そういうわけにはいかないだろう」

父と母が死んだあとも一緒にいられるよう、竜児がここに墓を建ててくれたのだ。

そのことを知って、未亜はジンと胸が熱くなる。

「ありがとう、竜児」

彼は黙って花立てに水を入れた。

花を飾り、半紙を敷いてお供え物を置き、ロウソクに火をともして、竜児が未亜に線香をひと束、手渡してくれる。

「束ごと？」

「ふたりだからな。ひとりひと束でも、構わないんじゃないか」

墓参りと縁のなさそうな竜児だが、そういえば彼は幼い弟を亡くしていた。その後、家族は空中分解してしまったと言っていたけれど、もしかしたら弟の墓参りには行っていたのかもしれない。

先にお参りするよう言われ、未亜は線香に火をつける。墓石の上からゆっくり、柄杓で水をかけた。

それから、墓前にしゃがみ、両手を合わせる。

「……お父さん、お母さん、久しぶり。元気に……はしてないよね、ごめん。わたしは元気だった。ずっと、竜児が大事に育ててくれたよ。背はあんまり伸びなかったけど、こんなに大きくなりました」

本人としては至ってまじめなのだが、両親に話しかける未亜の声を聞いて、背後で竜児が笑いそうになるのをこらえたのがわかる。

首だけで振り向いて睨みつけると、「悪い」と言いながら、彼は頬を緩ませていた。

気を取り直して。

「それでね、昔は金髪でガラの悪かった竜児だけど、あんなでもわたしの大好きな人なの。だから、明日わたしは竜児と入籍します。ずっと竜児が好きだった。お父さんとお母さんは、びっくりするかな。それとも、ずっと天国から見ていて知っていたかな。これまでも幸せだったけど、これからもっとずっと幸せになるから、見守っててください」

ここに来るまで、両親に報告しようと決めていたことをすべて伝えると、心が軽くなった気がした。

未亜はすっくと立ち上がり、竜児と場所を交代する。

背の高い竜児が、墓石の前で深く膝を曲げた。

——あれ？

目を閉じ、合掌する彼は、未亜と違って何も言わない。そのことに、未亜は違和感を覚える。

「竜児、お父さんとお母さんに話すことないの？」

「あのな、そういうのは心の中で言うんだ」

「ええ……？」

「おまえみたいに、なんでも声に出さなくたって伝わるんだよ」

立ち上がった彼が、唇を甘く笑みの形に歪ませた。

「じゃあ、あれも言わないの!?」

「……あれってなんだ」

「娘さんを僕にください、だよ！」

未亜の言葉に、竜児がいささか面食らったように目を大きく瞠った。

「そうだな。それは、声に出したほうがいいかもしれないな」

すっと未亜の横に立ち、腕を腰に回してくる。さりげない仕草だが、こんなことをされるのは初めてだ。

「貴彦、未来さん、ふたりの娘は俺がこれから必ず幸せにする。そして、俺も未亜に幸せにしてもらう。世界一かわいがるから、心配しないで見守っていてくれ」

父と友人だったという竜児らしい、少しぶっきらぼうで愛のこもった言葉。

ここが墓場でなければ、きっと抱きついていただろう。そんなことを思っていると——

「小さいながらも大きくなっただろ？」

と、彼は未亜の頭をぽんぽん撫でる。

「小さいながらは余計だよ！」

「自分でも言っていただろうが」

「それは……っ」

反論しかけたところに、竜児が腰をかがめてひたいに唇を軽く押し当ててきた。

「りゅ……っ!?」

——こんなところで？

突然の出来事に、頬をぽっと赤く染めた未亜を、竜児が楽しげに見下ろしている。

「言っただろ。世界一かわいがる、と」

「だ、だからってお父さんとお母さんの前でこんな……」

「見守っていてもらうからには、ある程度免疫もつけておかないとまずい。この先、もっとおまえに触れることになるんだからな」

「竜児っ!!」

真っ赤になって慌てる未亜に、彼がハスキーな笑い声で応じた。

――ああ、幸せだな。

空は青くて、ヒグラシは激しく生《せい》を謳歌して、両親の墓の前で好きな人と結婚することを報告できる。しかも彼は自分を愛してくれているのだ。未亜は、愛し愛されて結婚する。

――お父さんとお母さんも、こんな気持ちだった？　だから結婚したんだよね。

「……ありがと、竜児」

「ん？　それは、なんの礼だ」

彼のスーツの袖口をつかんで、未亜は愛しい男を見上げる。

「お墓のこととか、毎年お寺にきちんとしてくれていたこととか、いろいろあるんだけど」

そこで一度、言葉を区切った。

お礼を言いはじめたら、きっとキリがない。竜児には、どんなに感謝してもしたりないのだ。

だが。

いちばん大事なのは、そういうことではなくて。

「わたしをお嫁さんにしてくれてありがとう」

「っっ……」

それまで平然と——いや、それどころか余裕のある表情だった竜児が、急に口元を押さえて顔を背ける。

「なんでそんなこと、いきなり……」

「お父さんとお母さんに、ちゃんと報告できて嬉しかったからだよ」

「だからって、こんな手の出せない場所であまりかわいいことを言うものじゃない。俺が襲いかかったらどうするつもりだ」

「……襲うって、ここで?」

さすがに、それは考えつかなかった。

だが、言われて想像して——

未亜は、爆笑する。

「おい、おまえな、笑っていられるのも今のうちだぞ」

「だって、こんなお墓だらけのところで襲うとか、竜児いくらなんでもひどすぎるでしょ」

まだ笑っていると、ぐいと腕をつかまれた。

耳元に、彼の唇が近づく。

「今夜は覚悟しておけよ」

ハスキーボイスが危険な予告をするけれど、未亜は笑いすぎて涙目になっていた。

「あんまり無理すると、腰に響くよ?」

「さっきから、おまえは俺の腰がよほど心配らしいが、俺はそんなにヤワじゃない」

供えた花や菓子を片付けて、ふたりは柄杓と手桶を寺に返しに歩き出す。

「でも、どんなに鍛えていても無理はよくないから」

「いいか、よく聞け」

「うん」

「若い嫁をもらうからには、俺だって多少は浮かれる。ましてや、その相手がずっと惚れていた女なんだぞ」

「……う、うん」

「腰くらい好きに使わせてくれよ、未亜」

まだ陽が高いというのに、この男はなんと淫靡な目つきをするのだろう。未亜は、体の奥に甘い火がともるのを感じた。


♪。+.゜.+。♪。+.゜.+。♪


「はあ、ほんとうにねえ。私がこんなものを書くことになるとは、喜ぶべきか嘆くべきか」

万年筆を片手に、大地が大仰なため息をつく。

場所は阿佐ヶ谷の海棠家。二階のリビングで、未亜と竜児は並んでフローリングに正座していた。間にテーブルを挟み、正面のソファに大地が座っている。

「すいません、大地さん。ご面倒をおかけしま――」

言いかけた竜児に、未亜が肘鉄を食らわす。

「未亜、なんだ、こんなときに。行儀が悪いぞ」

「そこは、ありがとうございます、だよ」

大地にお願いしたのは、婚姻届の保証人の署名だ。保証人がふたり必要で、すでに鳴原が先に記名済み。残る大地の署名をもって、区役所に入籍に行く。

「おじさんも、あんまり竜児をいじめないであげて」

微笑みかける未亜に、大地が「やれやれ」と肩をすくめた。

「お嬢ちゃんにかかったら、そのデカブツもかたなしだねえ。だけど、そのくらいでいいんだ。女性が強いほうが、家庭はうまく回る」

そして、やっと大地は万年筆のキャップをはずして住所を書きはじめる。

竜児と未亜、どちらも保証人はぜひ大地に頼みたいと思っていたのだが、当の大地はなかなか首を縦に振らなかった。理由は、彼がカタギではない――いわゆる反社会的勢力の幹部だということ。

それでもふたりの気持ちは変わらなかった。未亜の懇願に根負けした大地が、入籍当日に家までやってきて、今こうして署名をしてくれている。

「ねえ、おじさん」

「なんだい」

「喜ぶべきか嘆くべきかっていうのは、どういうこと？」

くるりと丸い猫のような目で見つめられ、大地がフッと笑った。

「ある意味、娘のように思っていたかわいいお嬢ちゃんの恋が叶って喜ばしい反面、このかわいいお嬢ちゃんが竜児みたいな男に娶《めと》られるだなんて嘆かわしいってことだねえ」

そんなことを言いながら、大地がどれだけ竜児をかわいがっているか、未亜もよく知っている。竜児から聞いた話では、足を洗うときに大地がすべて手を回してくれたのだそうだ。それに、金で解決できるところは必要な金を大地が準備してくれたとも聞いている。

「だがね、クソ生意気だった高校生の竜児を知る身としては、こうしてまっとうに生きて、所帯を持とうっていうのを応援したい気持ちもあるのさ」

「大地さん……ほんとうにありがとうございます」

カツッ、と音を立てて、大地が署名の最後の一文字を書き終えた。

彼は、すぐさま婚姻届を持ち上げてこちらに向ける。

「本心から感謝しているなら、お嬢ちゃんのウエディングドレス姿でも見せてほしいもんだ。こんな紙切れ一枚で結婚を済まそうだなんて、天下のライフるの社長が呆れたもんだよ、まったく」

実のところ、竜児といられるならば式も披露宴もいらないと言ったのは未亜のほうだ。そんなことよりも、彼と一生添い遂げられればいい。

けれど。

——ウエディングドレスはそこまで興味ないけど、竜児が紋付き袴を着たら最高にかっこいいんじゃないの!?

夢見るようなまなざしを宙に向けた未亜を見て、隣に正座する竜児が「未亜、着たいなら何着でも買ってやるぞ」と言い出した。

「違うの」

未亜は大地のほうに身を乗り出し、テーブルに肘をついた。

「ねえ、おじさん。わたしは自分のウエディングドレスより、竜児の紋付き袴姿が見てみたい！」

背後で、竜児が「はァ!?」と呆れたような声を出す。けれど、そんなことは気にしない。

「おじさんは、着物に詳しいんでしょう？」

「詳しいってほどでもないけれど、職業柄和装で参加しないといけない行事もある」

「だったら、竜児が紋付き袴を着たらどうかな？　似合いそうじゃない？」

大地と未亜が、ふたり揃って目を閉じる。

数秒ののち——

「絶対似合う！」

と、未亜。

「悪くないかもしれないねえ」

と、大地。

「なんでそんなところで意気投合してるんですか、大地さん……」

竜児の、いつもとは違った困り声が聞こえてきて、ふたりは笑う。

「竜児」

未亜は、夫となる人の名前を呼ぶたび、幸せな気持ちになった。毎日何回も、何十回も、幸せに胸を震わせる。こんなふうになるのは、相手が竜児だからだ。

「ありがとう、竜児。竜児がいてくれたから、わたしは幸せだよ」

「っ……、ああ」

「それから、鎌倉のおじさん」

テーブルを間に置いて、未亜は大地に向き直る。

「おじさんは、いつだってわたしの味方でいてくれた。煮え切らないわたしの背中を押してくれることもあったし、わたしが答えを自分で出せるよう導いてくれたこともあった。おじさんがいてくれたから、竜児と結婚できます」

それは、心からの感謝の言葉だ。

もう駄目かもしれないと思ったとき、真実を教えてくれたのは大地だった。

「私はたいしたことはしていないよ。お嬢ちゃんが、自分でがんばった結果だ。胸を張って嫁ぎなさい」

「うん！」

受け取った婚姻届には、竜児と自分の住所氏名、保証人の鴫原と大地の住所氏名。

「もし、気が変わって結婚式をしたくなったらいつでもお言いよ。なに、バージンロードなら私が父親役をやってやろうじゃないか。これまでの父親代わりが夫になるんだから、父親役は代理でもいいんだろう？」

後半は竜児に問いかけて、大地が満更でもない表情を見せる。

「えっ、おじさんが一緒に歩いてくれるの？　それは興味出てきた」

「……ずいぶん調子のいい嫁だな」

竜児が、軽く未亜の頰をつつく。

「そう。調子いいの、絶好調」

「そういう意味じゃない」

「そういう意味だよ。だって、ここにいる三人は誰も血がつながってない。なのに、おじさんは竜児のおにいさんみたいな存在だし、竜児はわたしの保護者だった。そして今度は、おじさんがわたしの父親役としてバージンロードを歩いてくれるっていうんだよ。結局、家族って愛なんだね。血じゃないんだ、愛なんだ」

だから。

これから、竜児と未亜はほんとうの意味で家族になれる。

どんなに焦がれても百年も続かない想いで、人間は約束をするのだ。

いつか、土は土に、灰は灰に、塵は塵に還っていく。ならば、今ここにある心のすべてで、愛は愛に還していこう。

「全部、愛なんだよ」

未亜は、無邪気に笑う。

「さて、それじゃ邪魔者はこのあたりで退散するよ。愛の証明をしに、役所へ行っておいで」

立ち上がった大地が、愛用のパナマハットをかぶった。

「本日はご足労いただきまして、まことにありがとうございました、大地さん」

「そういう堅苦しいのはいやだね。そのうち、子どもの顔でも見せておくれ」

カラカラと笑い声をあげて大地が海棠家を出ていく。

「それじゃ、行くか」

「うん」

区役所までの道のり。

ふたりは手をつないで歩いた。

これから続く、未来永劫。決して愛する人と離れないように、しっかりと手をつないだ。

あとがき

そうみかり

こんにちは、麻生ミカリです。オパール文庫では15作目となる『義父』をお手にとっていただき、ありがとうございます(^_^)
なんといっても今回はタイトルの短さがスゴイ!
2文字ですよ、2文字!! 編集部に、長文タイトルと戦う派閥でもできたのでしょうか…(事実無根)

そして男性ひとりのカバーイラスト! これも初めてのことでした。美しすぎる逆月酒乱先生のイラストに、なんとお礼を申しあげてよいかわかりません。ひと言でいって最&高です!!

さらに今回は人生で初めて40代ヒーローを書いております。あぶれたエピソードや、竜児と大地の出会い編など、オパール文庫の公式サイトで公開予定です。無料で読めますので、よろしければそちらもよろしくどうぞ♡

最後になりますが、この本を読んでくださったあなたに最大級の感謝を。
またどこかでお会いできることを願って。
それでは。

麻生ミカリ先生、担当様
発売おめでとうございます!
おそろいー☆
竜児さんの萌えが果てしなかった
とてもとても可愛くて…!
未亜(4才)を小脇に抱えてたり、
脚にしがみつかれたり…
未亜の為に可愛いピンクの家具を買ったり
ぬいぐるみをおみやげに買って帰ったり…(妄想)
そんな想像するだけで大変美味!!!
楽しく描せて頂きましたぁぁ!

Illustration Gallery

海棠竜児

芹野未亜

カバーラフ初期案

Opal

義《ぎ》父《ふ》

オパール文庫をお買い上げいただき、ありがとうございます。
この作品を読んでのご意見・ご感想をお待ちしております。

ファンレターの宛先
〒102-0072　東京都千代田区飯田橋3-3-1
プランタン出版　オパール文庫編集部気付
麻生ミカリ先生係／逆月酒乱先生係

オパール文庫&ティアラ文庫Webサイト『L'ecrin《レクラン》』
http://www.l-ecrin.jp/

著　者——**麻生ミカリ**(あそう みかり)
挿　絵——**逆月酒乱**(さかづき しゅらん)
発　行——**プランタン出版**
発　売——**フランス書院**
〒102-0072　東京都千代田区飯田橋3-3-1
電話(営業)03-5226-5744
　　(編集)03-5226-5742
印　刷——誠宏印刷
製　本——若林製本工場

ISBN978-4-8296-8372-9 C0193